HÉSIODE ÉDITIONS

AMÉDÉE ACHARD

L'Eau qui dort

Hésiode éditions

© Hésiode éditions.

1 rue Honoré - 93500 Pantin.
ISBN 978-2-493135-13-1
Dépôt légal : Septembre 2022

Impression Books on Demand GmbH

In de Tarpen 42
22848 Norderstedt, Allemagne

L'Eau qui dort

I.

On voyait en 18.. à Paris, dans la rue Miromesnil, un vieil hôtel que de récentes constructions ont fait disparaître, et qui, depuis plus de vingt ans, semblait menacer ruine ; mais tel qu'il était, solidement bâti en fortes pierres de taille noircies par les pluies de cent hivers, il aurait bravé les efforts du temps, si un matin la spéculation ne l'avait jeté par terre. Cet hôtel, élevé jadis par un président à mortier du parlement, se composait alors d'un grand bâtiment à toits mansardés, précédé en retour de deux ailes moins hautes, dont le rez-de-chaussée, disposé pour les écuries et les remises, encadrait une vaste cour où l'herbe verdissait entre les pavés. Un jardin où s'allongeaient deux allées de tilleuls taillés en forme de charmilles, entre lesquelles s'étalaient carrément quelques plates-bandes fermées par du buis, s'étendait derrière l'hôtel. Tout alentour de ce jardin monotone montait pesamment un grand mur tapissé de lierre, dont les épais rameaux étouffaient à demi une vigne énorme qui donnait encore, malgré son grand âge, quelques pampres, et çà et là en automne une douzaine de grappes de gros raisins que des bandes de moineaux se disputaient. La cour allait si bien à l'hôtel et l'hôtel au jardin, qu'ils avaient comme un air de ressemblance et de parenté. On ne concevait pas que l'un n'appartînt pas à l'autre, et tous trois ensemble, également vieux, également tristes, également solennels, se complétaient, comme la perruque, le rabat et la canne à bec-de-corbin complétaient jadis la toilette d'un magistrat. Ils avaient cette harmonie que donne le temps. Une série d'appartemens hauts, larges, incommodes, magnifiquement décorés, dont rien n'avait pu éteindre les dorures, en occupait l'intérieur ; un perron de cinq marches, flanqué de vieux éteignoirs de tôle plantés dans la muraille, à droite et à gauche, conduisait de la cour au rez-de-chaussée, où d'immenses salons, disposés en enfilade, ouvraient leurs portes-fenêtres sur le jardin, qui était de plain-pied avec l'hôtel. Les chambres à coucher étaient au-dessus. On y arrivait par un large escalier de pierre à rampe de fer ouvragé, dont la cage aurait pu servir de cadre à une maison. Le bruit des pas y réveillait de longs échos qui grondaient sous les plafonds. Le propriétaire de l'hôtel avait conservé les ferrures dorées des fenêtres, les antiques portes de bois à riches moulures, les corniches, les trumeaux, les voussures, les grandes glaces coupées en deux morceaux et encadrées de superbes boiseries sculptées avec un art curieux ; mais le mobilier rappelait un peu toutes les époques et toutes.les modes. À côté d'un boudoir où une marquise de la cour de Sceaux n'aurait pas dédaigné de promener ses mules, un salon offrait un spécimen des formes inventées par le directoire. On pouvait voir dans la pièce voisine les cols de cygne, les sphinx et les griffes de lion chers aux tapissiers de l'empire, et plus loin des sofas, des fauteuils, des tabourets du plus pur style Louis XVI, garnissaient un réduit qui semblait dérobé aux appartemens de Trianon. Mme de Châteauroux, la princesse de Lamballe, Barras, le général Augereau et Cambacérès auraient pu se rencontrer dans ce singulier hôtel sans en être surpris. Certaines chambres présentaient plus particulièrement encore le spectacle de cette variété. L'acajou, le bois de rose, le palissandre, le citronnier s'y coudoyaient, fraternellement recouverts, ici de lampas et là d'étoffe de Perse ; des rideaux de taffetas accompagnaient des tapisseries de haute lisse. Le tout ensemble néanmoins avait grand air ; on parlait bas malgré soi en traversant ces grandes pièces, qui inspiraient le respect, et où l'on sentait la durée et la tradition.

À l'époque où commence ce récit, l'hôtel de la rue Miromesnil était occupé par M. Des Tournels, un riche maître de forges, sa femme et deux filles, Berthe et Lucile. Depuis quelques années déjà, le maître de forges avait quitté ses vastes établissemens et ses belles forêts de la Bourgogne pour se consacrer exclusivement à l'éducation de ses filles, qu'il n'avait jamais voulu mettre dans un couvent. Il avait à cet égard des principes arrêtés, et croyait que l'excellence et le nombre des professeurs, l'émulation qui naît de l'agglomération des élèves, la règle et l'uniformité dans l'enseignement, ne sauraient remplacer ce qu'on gagne en bons exemples, en saine morale, au contact tendre et quotidien de la mère et de la famille. Mme Des Tournels partageait de tous points les opinions de son mari, et on peut dire que depuis le jour de leur naissance Berthe et Lucile n'avaient jamais passé plus d'une heure loin des yeux de cette excellente femme. Sa vie se résumait dans ses deux enfans. On ne pouvait voir M. et Mme Des Tournels sans être étonné de la grande différence qui existait physiquement et moralement entre deux personnes si profondément unies par la plus étroite et la plus absolue affection. Le maître de forges, grand, vigoureux, solide, armé de bras robustes et de jambes infatigables, intrépide chasseur autrefois, avait sous un front large et puissant des yeux noirs et fermes dont il était presque impossible de soutenir le regard. Tout dans cette physionomie ouverte et rude indiquait l'excessive énergie du caractère, servie par des organes que la maladie n'avait jamais effleurés, comme si elle eût craint de se briser dans une lutte inutile contre un homme dont les membres semblaient avoir été taillés dans le cœur d'un chêne. Au contraire Mme Des Tournels, petite, mince, blonde, avec des attaches fines, un corsage grêle, la voix douce, le regard timide, quelque chose de plaintif dans l'apparence, silencieuse et comme recueillie en elle-même, disparaissait tout entière dans l'ombre de son mari. En posant un peu durement sa large main sur cette épaule délicate, on pouvait craindre qu'il n'anéantît d'un seul coup la frêle créature qu'il avait à son côté ; mais pour elle ce taureau avait des soins, une mansuétude, des prévenances, en quelque sorte des caresses de petit chien et des câlineries d'enfant qui touchaient par la constance et la douceur de leurs témoignages. Les plus vieux amis de la maison ne se rappelaient pas qu'il y eût eu par hasard un nuage entre eux. Il faut dire aussi que Mme Des Tournels, heureuse et reconnaissante, s'appliquait en toutes choses à plaire à son mari. Elle y avait peu de mérite, l'aimant de tout son cœur, disait-elle, et sachant aussi qu'elle était avec ses filles sa seule pensée et son unique préoccupation : peut-être même passait-elle avant Berthe et Lucile dans les affections de M. Des Tournels ; mais c'était une nuance dont seule elle avait conscience, et que, par un sentiment indéfinissable, elle cherchait à ne pas voir. Elle n'aimait pas davantage à faire étalage de l'empire qu'elle avait sur son mari, et mettait autant de soins à le cacher que d'autres à montrer leur petite influence ; cependant, douée d'un sens très droit et d'un sentiment exquis du juste et de l'injuste, il lui était arrivé de s'en servir deux ou trois fois dans des circonstances où sa voix avait été obéie avec la plus entière et la plus aimable promptitude.

À ce moment de sa vie, riche, entourée de l'estime et de l'affection, non-seulement des siens, mais encore de tous ceux qui l'approchaient, et comblée de tous les biens qu'elle pouvait souhaiter, Mme Des Tournels succombait sous le poids d'un chagrin qui la minait sourdement. Elle avait perdu un fils, son premier-né, à l'âge de vingt-six ans, au moment où il venait de recevoir ses épaulettes de capitaine. Atteint par la balle d'un Arabe, la blessure qui l'avait emporté saignait encore au cœur de la mère et tarissait les sources mêmes de la vie goutte à goutte, comme s'épuise une fontaine brûlée par les ardeurs trop longues de l'été. Ce fils était son Benjamin, l'élu de ses entrailles ; mais les révélations soudaines qu'elle avait eues de cette préférence, à la suite d'une maladie pendant laquelle l'enfant avait failli mourir, l'avaient attristée, en quelque sorte même froissée dans la partie la plus intime de son être, et la femme selon l'Évangile s'en était punie en témoignant d'abord à son fils une tendresse plus avare et en consentant ensuite à son éloignement. À la mort de Jean, elle se raidit contre son désespoir pour qu'on n'en devinât pas l'effroyable profondeur ; cette douleur constante était encore accrue par cette pensée, que si elle avait moins aimé ce fils, elle ne se serait pas condamnée à lui voir embrasser une carrière qui, en le séparant d'elle, le faisait courir au-devant de mille dangers. Il ne fallait pas non plus que M. Des Tournels, frappé dans son orgueil de père, ne trouvât plus sous sa main le cœur simple, bon, dévoué, dans lequel il était accoutumé à puiser ses meilleures consolations. Elle se releva donc pour le soutenir ; mais la plaie était vivante en elle, et la violence de l'effort hâta sa course vers le tombeau. Quand elle expira, il y avait déjà dix années que M. Des Tournels habitait Paris, et ses deux filles étaient également en âge d'être mariées.

L'aînée, Lucile, avait près de vingt ans ; Berthe, un peu plus de dix-huit. Lucile était brune, Berthe d'un châtain clair tournant au blond avec des reflets couleur d'or près des tempes. Elles étaient grandes et sveltes l'une et l'autre ; mais c'était là le seul point de ressemblance qu'on remarquât entre elles. Leur existence à toutes deux, séparées qu'elles étaient par un petit nombre de mois, quinze ou dix-huit, avait été pareille à deux ruisseaux qui, partis du même horizon, traversent les mêmes campagnes. La même tendresse les avait abritées, et il n'était pas jusqu'alors un chagrin, une distraction, une surprise, un voyage, un plaisir, un travail, qu'elles n'eussent partagés. Entre ses deux filles. Mme Des Tournels avait tenu dans un juste équilibre les deux plateaux de la balance ; mais si Lucile le croyait, Berthe allait plus au fond et le savait. Elle savait aussi que la pensée de sa mère regardait au-delà dans le passé, et qu'il y avait dans un coin de son cœur une déchirure sur laquelle la cicatrice ne se ferait jamais. Un jour Mme Des Tournels surprit Lucile dans un coin, les yeux rouges. La jeune fille boudait, parce que sa sœur venait de recevoir une belle montre d'or de son parrain et qu'elle en désirait une semblable. Mme Des Tournels l'attira sur ses genoux. – Tu en auras une, dit-elle ; tu sais bien que je t'aime autant que Berthe.

– C'est vrai, dit Berthe avec une certaine amertume ; Jean n'est plus là.

Mme Des Tournels tressaillit et devint pâle. Sa fille cadette se jeta dans ses bras. – Ah ! reprit-elle, je donnerais tout mon sang pour qu'il pût t'embrasser encore ! – La mère la serra sur son cœur. – Cruelle enfant, ne parle plus ainsi, murmura-t-elle avec des larmes dans les yeux. Berthe le jura et tint parole ; mais ces quelques mots avaient suffi pour que la pauvre femme comprît qu'elle n'était plus seule à posséder son secret.

Cette perspicacité profonde, qui se montrait par éclairs vifs et inattendus, n'était pas le seul trait singulier d'un caractère où tout semblait en désordre et confusément mêlé, le bien comme le mal, la passion comme l'indifférence, la résolution aussi bien que l'apathie, l'emportement ainsi que la patience. Personne n'y voyait bien clair au fond, pas plus les professeurs de Berthe que son père. La seule chose qui faisait nettement saillie était une sorte d'entêtement obstiné qui la rendait tout à coup pareille à la pierre, et que rien ne pouvait vaincre, si ce n'est parfois un flot de tendresse faisant irruption tout à coup ; mais le flot ne venait pas toujours, et on ne savait jamais quelle parole, quel hasard ou quelle baguette en ferait jaillir la source mystérieuse. M. Des Tournels, qui combattait cette tendance de toutes ses forces, ne la signalait point cependant sans un secret plaisir ; c'était pour lui comme le germe d'une persévérance et d'une fermeté qui, bien dirigées, et sous l'empire de certaines circonstances, pouvaient porter de beaux fruits. Ce qu'il aimait moins, c'était le perpétuel contraste qu'on remarquait dans l'humeur de Berthe : un jour gaie et le lendemain triste, paresseuse à l'excès ou plus active qu'une abeille, tapageuse et remuante comme une toupie d'Allemagne qui ronfle et court partout, et l'heure d'après immobile et rêveuse comme une nonne en contemplation ; un matin bonne, soumise et prompte à l'obéissance, prodigue, vidant ses poches et ne sachant à qui donner ; le jour suivant âpre, revêche, quinteuse, prête à fermer sa main comme son cœur. Certains accès de violence et d'emportement inexplicables duraient parfois plus d'une semaine sans que rien pût en modifier les témoignages ; elle était acerbe et malfaisante comme un fruit vert ; le regard était aigre, la parole acide. La semaine écoulée, Berthe tombait dans de longs silences et de grands accablemens qui n'avaient pas moins de durée, et dont elle sortait bizarrement par des réveils soudains.

Pourquoi M. Des Tournels, qui l'observait sans cesse et s'appliquait avec suite à la corriger, avait-il pour Berthe un peu de cette préférence que sa femme avait eue pour Jean ? Peut-être l'inquiétait-elle plus que sa sœur, peut-être prévoyait-il pour l'une des luttes et des épreuves qu'il ne redoutait pas pour Lucile. Quand il voyait Berthe dans ses phases, – dans ses lunes, disait-il gaiement, – de silence et de calme, il avait coutume de menacer du doigt en riant quiconque essayait de l'en tirer par des agaceries ou des supplications. – Ne réveillez pas l'eau qui dort ! répétait-il – De cette locution familière, on avait fait un surnom qui était resté à Berthe. Lorsqu'en rentrant le, maître de forges demandait ce que faisait sa fille cadette, il n'était pas rare d'entendre Mme Des Tournels ou Lucile répondre un jour : « l'Eau-qui-dort travaille, » et le lendemain : « l'Eau-qui-dort joue. »

Avec ce caractère variable et farouche, Berthe n'aurait pas inspiré beaucoup d'affection, si par intervalles elle n'eût éprouvé des mouvemens impétueux d'une tendresse chaude qui se répandaient sur tous ceux qui l'entouraient avec une grâce, une abondance, une vivacité qui la rendaient irrésistible : l'inquiète, la mobile, l'impérieuse, la violente Berthe avait disparu ; c'était une aimable fille dont le cœur se fondait, et qui trouvait pour les siens, comme pour les serviteurs de la famille, des paroles et des caresses d'une douceur et d'une onction que rien n'égalait. Elle pouvait changer avec le vent, le souvenir ne s'en effaçait pas, et si plus tard elle rudoyait sa gouvernante ou sa sœur, un domestique ou un ami, on lui pardonnait quand même. Berthe avait auprès d'elle une vieille bonne qui avait été sa nourrice, qui la gâtait à plaisir, et qu'elle tourmentait de son mieux. Quelquefois, à bout de patience, la pauvre créature se mettait à pleurer. – Dieu du ciel ! disait-elle, faut-il que vous soyez méchante pour vous faire détester ainsi ! – Alors Berthe la secouait par les épaules. – Eh ! non ! répondait-elle, il faut au contraire que je sois bien bonne pour que tu ne puisses pas t'empêcher de m'aimer !

– Ça, c'est vrai, reprenait l'excellente femme en s'essuyant les yeux.

Lorsqu'on interrogeait Berthe sur les motifs de ces révoltes si fréquentes succédant sans transition à des heures de soumission absolue, elle répondait naïvement qu'elle n'en connaissait pas l'origine, que c'était comme un feu qui était en elle, qu'elle en sentait les bouillonnemens intérieurs, et qu'il fallait que l'explosion se fît. Elle n'en pouvait que retarder le moment, et encore à grand'peine.

Les maîtres de toute espèce ne manquèrent pas à Lucile et à Berthe : elles en profitèrent également, à cette différence près que celle-ci faisait en quelques semaines le travail de plusieurs mois ; l'une avait la patience et la continuité, l'autre l'élan et le feu ; à la fin de l'année, au point de vue du résultat, leurs études se valaient. Musique, langues, dessin, histoire, géographie, elles savaient un peu de tout et suffisamment pour bien comprendre qu'elles ne savaient rien, ce qui témoignait en faveur de leur intelligence et de leur bonne foi. Cette éducation brillante qui, depuis l'âge de huit ans, leur avait fait parcourir le cercle entier des connaissances qui sont du domaine des femmes, n'empêchait pas que les deux sœurs ne fussent pliées pendant de longues heures à des travaux d'aiguille où leur mère les dirigeait. Les amis de la maison, qui connaissaient la fortune de M. Des Tournels, ne comprenaient pas bien l'importance qu'il attachait à ces occupations manuelles, auxquelles Lucile et Berthe ne devaient pas manquer de renoncer aussitôt qu'elles seraient mariées ; mais le père tenait bon, estimant qu'une fille qui sait ourler prestement une douzaine de mouchoirs peut exécuter une sonate aussi brillamment que celle qui s'oublie devant un miroir ou s'endort un journal de modes à la main. En toutes choses, il semblait conduit par cette pensée, qu'un jour les deux héritières pouvaient être privées de tout. Elles faisaient leurs lits et taillaient leurs robes. Dès leur quinzième année, Mme Des Tournels, guidée par les mêmes principes, les mit tour à tour à la tête de la maison. Elles comptaient avec les fournisseurs, ordonnaient la dépense, réglaient le menu des repas, et les domestiques avaient ordre de s'adresser à elles seules pour tout ce qui regardait la direction et l'économie du ménage. Chacune d'elles l'administrait pendant trois mois. On remarquait que la dépense était plus considérable pendant l'administration de Berthe. On n'épargnait pas les observations à l'enfant prodigue, qui n'y prenait pas garde ; une fois néanmoins, impatientée, elle demanda à son père si elle avait dépassé le chiffre de leurs revenus. – Non, certes ! répondit le maître de forges.

– Alors pourquoi tant économiser ? répliqua-t-elle.

Quand on connaissait les deux sœurs, on ne comprenait pas qu'elles fussent du même sang, qu'elles eussent reçu la même éducation. L'humeur égale et sereine de Lucile ne se démentait pas une minute en six mois ; telle on la retrouvait en automne après l'avoir vue au printemps, fraîche, souriante et gaie comme une matinée d'avril. Elle était prompte, diligente et complaisante ; sa voix, sa démarche aisée et rapide, son sourire, la bienveillance aimable de son accueil, quelque chose d'expansif, tout donnait l'idée d'une personne heureuse de vivre, et ce qu'on voyait d'elle ne démentait pas cette première impression. Elle était bonne à tous et à toute heure : elle avait cet art singulier de découvrir sans effort le bon côté de toutes choses et de s'accommoder des plus désagréables ; encore n'était-ce pas de l'art chez elle, c'était la nature qui parlait et qui agissait. Son père disait de Lucile qu'elle était fille à tirer du miel d'un rameau de ciguë. La seule chose qu'un observateur intéressé à l'étudier eût reprochée à cet ensemble de qualités charmantes, c'était peut-être un peu de banalité, et par ce côté-là encore elle s'écartait pleinement de sa sœur. Il ne fallait pas faire grand fonds sur l'amitié que Lucile témoignait aux personnes qu'elle recevait avec le plus d'effusion. La porte fermée, elle n'y pensait peut-être plus beaucoup : les gens partis, elle les oubliait. Ce n'est pas qu'elle ne fût tout à fait sincère dans l'expression de ses sentimens ; mais les impressions qui la dominaient étaient fugitives, et laissaient si peu de traces dans son cœur et son esprit, qu'il lui fallait un grand effort de mémoire pour qu'elle parvînt, après une absence d'un an ou deux, à se souvenir de ceux qu'elle avait aimés le plus. Tout glissait sur cette rieuse et belle fille comme la pluie sur la fleur blanche et veloutée d'un beau lis. Un vieux chimiste qui allait en visite chez le maître de forges disait de Lucile, en langage scientifique, qu'elle était réfractaire au malheur. Le fait est qu'on ne l'avait jamais vue pleurer plus de cinq minutes : au plus fort de ses chagrins d'enfant, elle se frottait tout à coup les yeux et partait en courant, laissant après elle le frais retentissement d'un éclat de rire plus vif et plus joyeux que le chant du pinson.

Le seul être pour lequel elle éprouvât une tendresse entière et constante était Berthe. Berthe pouvait la tourmenter, Lucile le trouvait bon. Il ne fallait même pas qu'on s'avisât de prendre sa défense ; Lucile alors se cabrait d'importance, renouvelant au profit de sa sœur, et sans le savoir, la fameuse scène de Martine et du voisin. Berthe, il est vrai, l'adorait, et, tout en ne lui épargnant ni les rebuffades ni les caprices, ne souffrait pas qu'une autre qu'elle la molestât ; mais, plus exclusive et concentrée en elle-même, quelquefois Berthe abandonnait sans motif apparent les jeux où Lucile s'égarait avec ses petites compagnes, et se retirait dans un coin sombre du jardin. Si Lucile, étonnée, tentait de l'y suivre au bout d'un quart d'heure et de l'interroger, Berthe la repoussait durement. – Que t'importe de jouer avec moi, si tu peux t'amuser sans moi ? disait-elle.

Bien que l'éducation des deux sœurs eût été de tous points pareille, dirigée par les mêmes professeurs, elles étaient loin de pouvoir lire les mêmes livres et d'en tirer les mêmes fruits. Certaines lectures, qui n'avaient produit sur l'esprit de Lucile qu'une impression fugitive de tristesse, évaporée un soir en quelques larmes, avaient laissé dans celui de Berthe des traces qu'on reconnaissait encore après de longs intervalles. C'était comme le soc de la charrue dans une terre forte : le sillon lestait creux. Elle se passionnait pour les événemens de l'histoire aussi bien que pour les personnages de la fiction. Que de pleurs lui coûtèrent les infortunes et la mort romanesques d'Edgar de Ravenswood ! Que de frémissemens de colère et d'insomnies lui causèrent les malheurs augustes et le trépas épique de Marie-Antoinette ! Elle avait le cœur gros et le sang en feu. Rien ne glissait, tout pénétrait. Il fallut, après des nuits de fièvre, que Mme Des Tournels fît un choix sévère parmi les livres que Berthe fut autorisée à ouvrir. Lucile, étonnée de ces grands ressentimens, se moquait d'elle souvent. – Mais ne pleure donc plus et ne te fâche pas, disait-elle : ils sont morts ! – Oui, mais ils ont vécu ! répondait Berthe.

Que rêvait-elle dans ces momens d'excitation ? quels trésors de tendresse, de courage, d'énergie, ne dépensait-elle pas au milieu de ce trouble et de cette angoisse inexprimables ! Elle les enfouissait en tremblant dans les replis les plus secrets de son cœur.

L'hôtel de la rue Miromesnil, qui était ouvert à beaucoup de monde dès les premiers temps qui suivirent l'arrivée de M. Des Tournels à Paris, le fut bien davantage encore après que Lucile et Berthe eurent dépassé l'adolescence. M. Des Tournels aimait à recevoir ; il avait un grand train de maison. Quelques personnes bien choisies dînaient fréquemment chez lui ; on y dansait trois ou quatre fois pendant l'hiver. Ses filles, dès qu'elles eurent seize ans, l'accompagnèrent une fois par semaine aux Italiens et à l'Opéra, quelquefois dans d'autres théâtres. Appelées par leur fortune à vivre dans le monde le plus brillant, il voulait qu'elles apprissent de bonne heure à le connaître, pour n'en être pas éblouies plus tard. Toutes les libertés compatibles avec les exigences des mœurs parisiennes, il les leur permit, afin, disait-il, de les plier tout doucement aux habitudes de la réflexion et aux enseignemens de l'expérience. Par ce côté, leur éducation eut une physionomie anglaise qui donna au caractère des deux sœurs plus de relief et de contour ; mais tandis que Lucile apportait dans cette vie facile, bien que réglée, un entrain et une gaieté qui ne laissaient pas de doute sur le plaisir qu'elle éprouvait à en savourer les douceurs, on ne savait pas si Berthe s'y plaisait ou s'y soumettait. Il lui arrivait souvent de ne pas quitter la danse pendant toute une nuit, et souvent aussi de traverser un bal avec la pâleur d'Iphigénie sur le front. Aux heures où il y avait le plus de monde à l'hôtel, et quand la conversation était le plus animée, il n'était pas rare de la surprendre au fond du jardin, assise sur un banc, les mains croisées sur les genoux et les yeux dans l'espace. La veille, personne n'avait causé avec plus d'abandon et de vivacité. Chose singulière ! cette jeune fille, dont le caractère était souvent en lutte avec celui de M. Des Tournels, pour qui elle était un sujet d'examen et une cause de trouble, était précisément celle qu'on chargeait des demandes épineuses et des négociations difficiles. Lorsqu'un subalterne avait une faute à se faire pardonner ou une permission à obtenir, quand Lucile elle-même était sous le coup d'une fantaisie qui ne lui semblait pas tout à fait raisonnable, on envoyait Berthe en ambassade auprès du maître de forges, et jamais Berthe n'hésitait. Si d'aventure M. Des Tournois grondait un peu, Berthe insistait hardiment, et il cédait, tandis que Lucile se mourait de peur derrière la porte. Cette même personne, qui bravait en face un homme devant qui tout tremblait, devenait livide pour chanter une romance au piano devant des imbéciles ; mais sur ce chapitre, le maître de forges avait une volonté bien arrêtée : il fallait chanter, dût-on pleurer avant et s'évanouir après, et la raison était qu'il fallait faire simplement les choses simples. La timidité n'était pas un motif de s'abstenir ; excessive, elle avait un faux air de pruderie et de prétention dont il était bon de se corriger.

On était quelquefois surpris de la trace profonde qu'avaient laissée dans cet esprit libre et violent des événemens d'une importance médiocre en apparence, et sur lesquels de nombreuses années s'étaient accumulées lentement. Alors que Lucile, six semaines après, avait complètement oublié les choses qui l'avaient le plus charmée ou le plus attristée, on voyait Berthe tressaillir encore à de longues distances au souvenir de certains faits que sa mémoire implacable lui rappelait tout à coup ; la cicatrice faite, le ressentiment de la blessure était le même. Berthe donnait chaque année, le 17 octobre, un exemple remarquable de cette malheureuse fidélité. On la voyait dès le matin inquiète, agitée ; rien ne la distrayait plus ; elle évitait toute conversation, et fuyait tout travail ; certaines lueurs fauves que sa mère connaissait bien passaient dans ses yeux ; elle se retirait à l'écart, au fond du jardin, sous un vieil ormeau, à l'ombre duquel elle négligeait d'ouvrir le livre qu'elle avait emporté. Cet état durait jusqu'au soir : les paroles tombaient une à une de sa bouche ; le sourire était contraint, le son de la voix sec et bref, le geste anguleux et dur. Irascible et intraitable, elle semblait couver des orages dans son silence. Un jour qu'il était question d'une soirée à passer au théâtre, elle secoua la tête. Mme Des Tournels lui demanda si elle se sentait indisposée.

– Non, répondit Berthe ; mais je le serai certainement avant une heure, si on veut me contraindre à sortir.

– Tu as donc la maladie et la santé à tes ordres ? répliqua sa mère gaiement.

Berthe prit sur la table une paire de ciseaux. – Croyez-vous donc, dit-elle, qu'il soit très difficile de me déchirer le bras avec ce bout de fer ? On dira que c'est un accident, et je resterai.

Mme des Tournels effrayée lui arracha les ciseaux des mains. – Es-tu folle ? reprit-elle.

Berthe posa froidement son ongle sur la page d'un journal en tête de laquelle on lisait la date du 17 octobre. Mme Des Tournels tressaillit, et sans répondre appuya doucement la main sur l'épaule de Berthe ; ses yeux étaient devenus tout humides. Berthe émue s'agenouilla auprès d'elle ; la mère l'entoura de ses bras. – Encore ? murmura-t-elle à demi-voix.

– Toujours, malgré moi ! répondit Berthe tout bas.

Quelques mots sont nécessaires pour expliquer l'influence prolongée de cette date. Un jour, à l'âge de douze ans et à propos d'un travail que son père lui avait imposé, Berthe se montra si revêche, si acerbe, si cassante, que M. Des Tournels, pris tout à coup d'un mouvement de colère irrésistible, leva la main et la frappa au visage. Berthe poussa un cri et tomba par terre inanimée. Son visage était vert. Quand elle se réveilla d'un long anéantissement et brisée par la violence de spasmes convulsifs, son premier regard rencontra son père debout au pied du lit, tout pâle et décomposé. Elle lui tendit les deux bras. M. Des Tournels l'embrassa en pleurant, et sortit pour qu'on ne le vît pas éclater en sanglots. Berthe le suivit des yeux. Aussitôt que la porte se fut refermée : – Ah ! dit-elle en se tournant vers sa mère, qui la soutenait sur l'oreiller, quel bonheur que j'aie eu tort ! Sans cela, jamais je ne lui aurais pardonné.

II.

Mme Des Tournels ne vit pas plus de cinq ou six fois le retour de cette date terrible. Peu de jours avant d'expirer, elle avait fait approcher Lucile de son lit, et lui montrant Berthe debout contre la fenêtre : – Prends garde à l'Eau-qui-dort, dit-elle ; il y a quelque chose en elle qui se dégagera,... je ne sais quoi ;... aime-la bien !

Cette recommandation, où l'accent de l'inquiétude se mêlait à la prière, fut la dernière parole qu'elle échangea avec Lucile. Elle ne pensa plus qu'à Berthe, que ses regards incertains suivaient partout. Que deviendrait-elle quand elle ne serait plus là ? Vers quelle destinée la pousserait ce caractère indéfinissable dont il était impossible de rien augurer ? Le mal extrême ne pourrait-il pas en sortir comme le bien ? Quel problème s'agitait dans cette âme fermée qui s'ignorait ? La pauvre mère se reprochait quelquefois cette constante préoccupation qui donnait tout à l'une au détriment de l'autre ; alors elle prenait la main de Lucile. – Ne m'en veuille pas, disait-elle, tu ne me fais pas peur, toi ! – Lucile, qui fondait en larmes, embrassait Berthe, qui ne pleurait pas, mais qui étouffait. Un soir Mme Des Tournels, qui n'avait pas quitté sa fille cadette des yeux depuis plusieurs heures, laissa voir sur son visage une expression de joie dont le rayonnement l'illumina tout à coup. Elle fit de la main signe à Berthe de s'approcher. – Écoute bien, dit-elle, je te recommande ton père ;... il va se trouver seul... Lucile l'aime bien ;... mais l'heure présente est tout pour elle, et puis ta sœur est l'aînée, elle se mariera bientôt... Si tu fais comme elle plus tard, ne le quitte jamais... Remplace-moi. – Elle tenait les deux mains de Berthe entre les siennes. – Me comprends-tu bien ? reprit-elle, ce sera difficile dans les commencemens ; mais si tu sens quelque fatigue, pense à moi,... et petit à petit ton caractère se pliera à le rendre heureux ; me le promets-tu ?

Beithe baisa la main de Mme Des Tournels. – Va, mon enfant, à présent je suis plus tranquille, reprit la mère.

La pauvre femme était plus tranquille en effet : elle venait d'imposer le frein du sacrifice à ce caractère indomptable ; ce don de seconde vue qui illumine parfois l'esprit des mourans lui avait fait comprendre que l'accomplissement et les fatigues d'un devoir étaient les seules barrières capables de maintenir Berthe dans la règle et la soumission. Il fallait qu'elle usât ses forces dans la poursuite d'un but, et lui montrer le plus difficile, en intéressant son cœur au résultat, pour qu'elle y trouvât l'ancre de salut.

Le lendemain, Mme Des Tournels partagea ses bijoux également entre ses deux filles, et mourut sans bruit, simplement, comme elle avait vécu.

L'hôtel de la rue Miromesnil resta fermé pendant dix-huit mois. M. Des Tournels y vécut profondément retiré, loin du monde, n'admettant entre ses filles et lui qu'un très petit nombre d'amis qui respectaient sa douleur. Elle était immense. Dès ce jour, il adopta un vêtement de deuil qu'il ne quitta plus. Aucun des objets qui avaient servi à Mme Des Tournels ne fut changé de place ; tout dans l'appartement où il continua de vivre demeura dans l'état où elle l'avait laissé. Il s'imprégnait de son souvenir, il respirait dans son air. Dès lors on vit combien avait été vif et profond cet éclair de divination qui avait entraîné la mourante à soumettre sa fille à la discipline du dévouement. Le chagrin sans bornes de M. Des Tournels en fut adouci ; mais la plus grande somme de bien profita à Berthe elle-même. Dans la pratique quotidienne de cette tâche qu'elle avait acceptée, elle éprouva une sorte d'apaisement intérieur qui l'étonna d'abord. Ce n'est pas qu'elle n'eût très souvent encore des révoltes et comme des réveils terribles de cet esprit rebelle qui grondait et s'agitait au fond de son être ; mais elle en était plus maîtresse et le domptait avec des efforts moins vifs et moins douloureux. Elle avait promis de se consacrer à cette œuvre de salut, elle s'y acharnait, et les plus dures aspérités de son caractère s'effaçaient lentement, une à une, sous le travail persévérant de sa volonté, comme les nœuds d'une planche de chêne sous le passage actif du rabot. Elle ne devinait pas encore ce doux mensonge de Mme Des Tournels, cette ruse pieuse qui lui montrait un père à consoler alors qu'il s'agissait d'une fille à sauver. Plus clairvoyante, Berthe eût été moins prompte à s'observer ; elle eût plus facilement lâché la bride à la fougue et à l'intempérance de ses instincts.

Cependant, si large que fût le changement qu'on remarquait en elle, il n'était pas tel encore que l'Eau-qui-dort eût mérité de perdre son surnom. Que d'heures passées sous l'ombre du vieil ormeau, seule avec elle-même et les agitations qu'elle ne voulait plus subir et qui la tourmentaient par momens ! Elle combattait les emportemens de son caractère par le silence, et voulait le dominer par la concentration. Elle avait alors conscience de son indiscipline, et ne concevait pas bien qu'on en eût toléré si longtemps les violences. Ce qui était excusable à douze ou quinze ans, dans toute l'ardeur bouillante d'un sang qui coulait comme une eau vive, et dans lequel son père se reconnaissait tout entier, devenait impossible à dix-huit. Elle était résolue à se vaincre elle-même. Le bonheur d'un père ne lui avait-il pas été confié, et faillir à cette tâche n'était-ce pas le fait d'un cœur lâche et d'un esprit timide ? L'honneur, la tendresse filiale, le respect d'elle-même, tout lui faisait un devoir sacré de tenir sa promesse. À cette époque de sa vie, on la voyait errer au milieu des grandes pièces de l'hôtel et passer des salons déserts au jardin solitaire, fuyant sa sœur, silencieuse comme une ombre qui cherche les lieux où elle a vécu et souffert. – Étrange fille ! disait le père. Pauvre âme ! avait dit la mère. – Et l'Eau-qui-dort, perdue dans de longues méditations et de cruels efforts, demandait parfois à Lucile le secret de sa tranquillité. – Que tu es heureuse ! disait-elle alors, tu descends le fleuve… Quelque chose me pousse toujours à le remonter !

Un jour, après une de ces crises qui devenaient de plus en plus rares, et dont Berthe sortait par un de ces mouvemens soudains qu'elle ne prévoyait pas plus qu'elle n'y échappait, M. Des Tournels, fasciné en quelque sorte par la chaleur et l'impétuosité franche de son élan, la prit dans ses bras, et, saisissant sa tête à deux mains :

– Ah ! si jamais quelqu'un t'aime, dit-il, ce quelqu'un t'aimera bien !

– Je l'espère, répondit Berthe.

Quelque temps avant la mort de Mme Des Tournels, bon nombre de personnes, grands parens ou amis officieux, s'étaient présentés à l'hôtel de la rue Miromesnil dans des intentions faciles à deviner. Le maître de forges, qui ne voulait pas marier ses filles avant leur vingtième année, avait écarté toutes les demandes. Quand il eut rouvert ses salons, on y vit reparaître en foule toutes les mères qui avaient des fils à pourvoir et l'escadron volant des chercheurs de belles dots. L'heure était venue de faire un choix ; mais sans abdiquer, tant s'en faut, l'autorité d'un père, M. Des Tournels voulut que ses filles eussent toute liberté d'apprécier les mérites des candidats qui leur venaient des quatre coins de Paris. Après les bals où il les avait conduites, volontiers il mettait l'entretien sur le chapitre des jeunes gens qui avaient dansé avec Lucile après avoir dansé avec Berthe. On les passait au laminoir de la critique, la réflexion de l'une venait en aide à l'observation de l'autre, et l'entretien fini, le plus souvent il ne restait plus rien des beaux messieurs qui aspiraient au mariage par le chemin de la valse et de la polka. On avait saisi les papillons par les ailes, et leurs riches couleurs avaient disparu.

Un nom cependant n'avait jamais été prononcé dans ces confidences familières, auxquelles Berthe ne se mêlait pas sans une certaine contrainte, et où elle apportait plus d'amertume et plus d'ironie que sa sœur. C'était celui de Francis d'Auberive, qu'un ami de province avait présenté à M. Des Tournels. Francis était un jeune homme de Dijon qui avait quelques terres dans le voisinage des forges si longtemps exploitées par M. Des Tournels, et qui habitait Paris les trois quarts de l'année. La connaissance faite, on avait chassé de compagnie dans les mêmes bois, et une certaine intimité avait été le résultat des relations continuées dans le laisser-aller de la campagne. Avec ses trente ans et quelque aisance, Francis se comportait alors comme un reître en pays conquis. Chaque nouvel an devait amener la réforme, mais les années s'écoulaient, et la fortune s'en allait à la dérive. Ce qui lui en restait était placé dans une entreprise de charbonnage au fond de laquelle on ne voyait pas bien clair. On assurait en outre que le peu de terres qu'il possédait encore était grevé d'hypothèques nombreuses. Le meilleur de son avoir était alors représenté par une tante, qui l'aimait beaucoup et qui passait pour fort riche ; mais la bonne dame, qui vivait retirée au fond de sa petite ville, était fort sujette à des lubies. Tout son bien pouvait s'engloutir dans des fondations pieuses ou être partagé entre vingt collatéraux qui l'assiégeaient. Francis n'était pas un méchant garçon et ne manquait pas d'esprit ; néanmoins on aurait vainement battu la province avant de trouver un notaire qui l'eût accepté pour gendre. Ses bonnes qualités sautaient aux yeux de tout le monde ; par malheur un ménage ne vit pas seulement de gaieté, de franchise, de courage et de facile humeur. À trente ans, Francis regrettait la vie décousue qu'il avait menée ; mais il continuait par habitude et désœuvrement. Il s'estimait trop vieux pour en changer. Personne ne savait comment il finirait.

Il eut occasion de voir fréquemment Lucile et Berthe pendant les séjours plus longs qu'elles firent à la campagne après la mort de leur mère. Il était leur voisin, et son cheval, quand il lui lâchait la bride, s'en allait tout droit à la Marelle ; c'était ainsi qu'on appelait l'habitation de M. Des Tournels. Francis était sûr d'y recevoir bon accueil. Seule Berthe ne lui parlait pas beaucoup ; mais on la connaissait, et il ne s'y arrêtait pas. Quant au maître de forges, il lui serrait cordialement la main et vaquait à ses affaires. La visite faite, Francis était libre de rester à dîner ou de revenir dans la soirée prendre le thé. Dans les premiers temps, la présence assidue de M. d'Auberive à la Marelle avait aiguisé les caquets de la province ; on n'avait pas manqué d'y voir l'indice d'un projet de mariage. Si les fortunes n'étaient pas égales, Francis était d'une bonne noblesse du Morvan ; ses ancêtres avaient figuré dans le parlement de Dijon et dans les armées du roi ; l'un d'eux avait péri à la bataille de Morat : le blason pouvait donc corriger le défaut de richesse. Malheureusement la conduite du jeune gentilhomme donna un prompt démenti aux faiseurs de projets.

On ne le vit jamais rechercher la présence de Lucile ou de Berthe et causer dans les petits coins ; il ne flattait guère M. Des Tournels, et le combattait même quand leurs opinions ne se rencontraient pas. Le galant ne se montrait en rien ; il ne cachait pas ses défauts et parlait de ses folies en homme qui n'en sait pas le nombre. Lucile était avec Francis sur le pied d'une familiarité aimable, telle qu'elle peut exister entre des jeunes gens qui en temps de chasse ont déjeuné sur l'herbe et dansé le soir au piano avec sept ou huit voisins de bonne humeur. Berthe était plus réservée. Quand elle entendait Francis rire avec sa sœur, elle s'écartait. Les conversations qu'ils échangeaient avaient un air de gêne dont la cause échappait à Francis ; s'il voulait badiner, elle se taisait. M. d'Auberive pensait qu'il était la victime d'une antipathie innée ; sans en perdre le sommeil, il en était chagrin, l'Eau-qui-dort ayant en elle quelque chose qui l'attirait.

Un jour qu'il regagnait à pied son petit château, il rencontra Berthe, qui marchait le long d'un ruisseau bordé de saules. Elle l'aperçut et prit à travers le pré. Il hâta le pas et l'atteignit bientôt. – Pourquoi m'évitez-vous, lui dit-il, et que vous ai-je fait ? S'il vous déplaît de me rencontrer chez vous, malgré la cordialité que me font voir M. Des Tournels et Mlle Lucile, je renoncerai à des relations où je trouvais un grand charme. Je suis comme l'oiseau sur la branche, demain je serai parti... Mais dites-moi pourquoi vous me répondez par de grands saluts quand je vous tends la main.

Berthe reprit tranquillement le chemin du ruisseau. – Vous voulez le savoir ? répliqua-t-elle nettement. Eh bien ! c'est parce qu'il m'est désagréable de voir un homme de votre âge gaspiller sa vie et ne faire rien qui vaille.

Francis ne put réprimer un geste de surprise. – Bonté du ciel ! vous n'y allez pas de main morte ! dit-il en riant ; mais j'aime mieux cela, au moins sait-on à quoi s'en tenir. Donc, à votre avis, je pourrais employer mon temps plus utilement ?

Berthe lui montra les ouvriers d'une ferme voisine qui travaillaient aux champs. – Vous seriez vigneron ou bouvier, reprit-elle, que cela vaudrait mieux.

– On n'est pas toujours le maître ! répondit Francis avec l'accent de la tristesse.

– N'avez-vous pas trente ans ? n'êtes-vous pas orphelin ? dit-elle d'une voix impérieuse, où perçait le sentiment de l'indignation.

– Oh ! trente ans, je les ai depuis quelques mois ; orphelin, je le suis certainement, et c'est peut-être à cela que j'ai dû de n'être pas libre.

Berthe regarda son interlocuteur d'un air d'étonnement.

– Vous ne m'entendez pas, reprit-il ; mais comment vous faire comprendre cela ?… Ce n'est guère aisé !

– Essayez toujours… On n'est pas si petite fille qu'on en a l'air.

– Cela se devine assez… Diable ! il me semble que je suis comme un écolier devant son professeur le jour où la leçon n'a pas été apprise suffisamment.

– Expliquez-vous alors, poursuivit Berthe, qui ne put s'empêcher de rire.

– Eh bien ! me comprendrez-vous si je vous dis que dans la vie les liens, qui sont des chaînes quelquefois, sont des barrières aussi ? Ce qui nous gêne nous protège. Faute d'avoir un frein naturel, on arrive à s'embarrasser dans mille difficultés qui ne permettent plus de faire un pas librement ; aucune voix familière, aucune main prudente et ferme ne vous a poussé dans le droit chemin. Que penseriez-vous d'un homme qui, au lieu de marcher sur le sentier battu, prendrait à travers champs, sous prétexte de courir à sa guise ? N'aurait-il pas la chance de s'empêtrer dans des fondrières et des halliers d'où il ne pourrait se tirer qu'au prix de mille efforts ? Heureux encore s'il n'y laisse pas la moitié de ses vêtemens et un peu de sa chair ! Eh bien ! j'ai fait comme cet imprudent. Je voyais bien le but à atteindre, comme le voyageur voit le clocher de la ville où le repos l'attend ; mais j'étais perdu dans une route folle où chaque effort et chaque nouveau pas ne pouvaient que m'égarer davantage. On arrive bientôt à ne plus rien poursuivre. On marche, et c'est tout. Encore comment marche-t-on ? Vous me direz peut-être qu'il y a la raison, et qu'elle n'a pas été donnée à l'homme pour être jetée dans un coin comme un outil brisé ou quelque instrument inutile... J'en avais ma petite dose comme tout le monde, et certainement la raison a sa part d'influence dans les affaires d'ici-bas ; mais il y a la jeunesse, et l'exemple, et l'eutraînement, et la vanité, et la faiblesse, et le long cortège des mauvaises occasions qu'on se garde bien de laisser échapper ! Je suis entré dans la vie sans garde-fou, et voilà pourquoi je n'ai pas toujours été le maître.

Tout cela fut dit avec un accent de bonhomie et de franchise où l'on sentait une pointe de mélancolie. Berthe se rapprocha de Francis ; il lui prit familièrement le bras. – Ça, ajouta-t-il, à présent que ma confession est faite, me donnerez-vous la main ?

– Cela dépend, répondit-elle ; j'y suis disposée, mais il faut que vous rebroussiez chemin.

Francis se mit franchement à rire. – Oh ! la singulière personne que vous êtes ! dit-il. Vous parlez des choses les plus difficiles comme de croquer des groseilles. Songez donc que j'ai trente ans... Vous saurez un jour ce que c'est,... très tard sans doute ;... mais enfin vous le saurez.

– L'âge n'y fait rien ;... il suffit de vouloir, répliqua-t-elle brusquement.

La pluie vint à tomber ; ils entrèrent dans une méchante hutte bâtie par

un garde au bord d'un bois. Assis côte à côte sur une large pierre plate et les pieds dans la mousse, ils regardaient devant eux. Un troupeau de brebis paissait dans une lande ; le berger, roulé dans sa cape, mangeait un morceau de pain sous un arbre. Le paysage n'avait pas d'étendue ; M. d'Auberive le trouvait charmant, bien qu'il regardât sa voisine plus que la campagne. La jeune fille avait les narines gonflées, et cassait des brindilles de bois sec entre ses doigts par un petit mouvement nerveux.
– Vouloir ! reprit Francis, c'est bientôt dit ; mais ce n'est déjà pas si aisé.

Un pli se creusa entre les sourcils de Berthe. – Et qu'importe que ce soit aisé si on le peut ? dit-elle.

M. d'Auberive étendit la main dans la direction du berger, qu'on voyait debout contre le tronc d'un vieux frêne.

– Voyez cet arbre, reprit-il : le vent l'a courbé lentement ; comment fera-t-il pour se relever ?

Berthe lui désigna du doigt un plant de vignes qu'on apercevait a l'autre bout de la lande. – Voyez ces pampres, dit-elle à son tour : n'étaient-ils pas couchés par terre ? Une main a planté des échalas, et ils sont debout !

– Oui, mais une main est venue ! répondit Francis.

– C'est vrai, dit Berthe naïvement.

Il y eut un silence. Francis considérait avec un mélange de joie et de curiosité cette jeune fille qui lui parlait si résolument un langage qu'il n'avait pas entendu de son ami le plus intime. Berthe n'était pas jolie, et tout le monde s'accordait pour trouver à Lucile de plus beaux yeux, un teint plus frais, une bouche mieux dessinée, un front plus régulier ; cependant c'était Berthe qu'on regardait avec une attention mieux soutenue. Elle avait un charme particulier qui naissait de sa physionomie : jamais visage ne fut plus mobile, jamais sourire plus fier ou plus fin, jamais regard plus vif ou plus doux, jamais gaieté plus expansive ou tristesse plus pénétrante. On pouvait ne pas la remarquer silencieuse ; elle captivait émue : c'était, selon l'expression d'un ami de la famille, la plus jolie laide qui se pût voir. Tandis que Francis la regardait, Berthe continuait de briser entre ses doigts des bouts de branches mortes qu'elle tirait de la mousse.

– La voilà convaincue ; bonsoir l'homélie ! se dit le jeune homme.

La pluie cessa de tomber. Ils se levèrent et prirent par le bord du ruisseau, bras dessus, bras dessous. Berthe s'était armée d'une baguette et battait les saules, d'où tombaient mille gouttes d'eau. On fit quelques pas sans parler. – Où diable voyage-t-elle en esprit ? pensa de nouveau Francis.

– Vous êtes donc tout seul, tout à fait seul ? lui demanda Berthe.

– Non pas, dit Francis gaiement ; j'ai dix cousins qui me détestent et une tante confite en dévotion qui me gronde six fois l'an.

– Pauvre garçon ! murmura Berthe. L'accent de cette voix étouffée était si bon, le léger mouvement des épaules qui l'accompagna si amical, le pli des lèvres si sympathique et si vrai, que Francis en fut ému.

– Çà, dit-il, vous ne pouvez plus me refuser votre main ; vous venez de gagner mon amitié d'un seul coup.

– Donnez-moi la vôtre, reprit Berthe ; la mienne ne vous manquera jamais.

Leurs deux mains unies, une certaine émotion gagna Francis ; il sentait que Berthe avait raison, et il éprouvait un embarras réel à le confesser. Il fit un effort pour en sortir en donnant à l'entretien un tour plus gai.

– À présent que me voilà rassuré, reprit-il, expliquez-moi pourquoi vous m'évitiez toujours, car cela me frappe maintenant, et pourquoi surtout vous m'avez querellé aussitôt que vous avez daigné causer avec moi ?

– Eh ! précisément parce que mon amitié vous était tout acquise dès les premiers jours… Le vieux notaire du pays disait tant de mal de vous ! et j'enrageais de voir que vous en méritiez bien la moitié !

Berthe n'était timide que devant un piano. En face d'un jeune homme au menton duquel elle touchait par le front, elle avait toute son assurance. Elle parla de la sotte vie que menait M. d'Auberive avec une véhémence pleine de feu, mêlant la réprimande au conseil et la raillerie à la prière. – Où cela le conduirait-il de marcher toujours dans la même voie ? La ruine était bien quelque chose ; d'ailleurs le ridicule était au bout, et c'était pis. N'avait-il pas honte de manger en parties de plaisir ennuyeuses le bien amassé par ses pères et de traîner dans mille sottises un nom qui avait eu de l'éclat ? Il ne l'avait pas encore compromis, grâce à Dieu et à un reste de bon sens ; mais qui oserait répondre de l'avenir ? Si les temps n'étaient plus où il pouvait porter la robe fourrée d'hermine du conseiller ou la cotte de mailles de l'homme d'armes, il y avait encore dix carrières où son intelligence trouverait librement à se mouvoir. Le fusil d'un soldat valait mieux que la cravache d'un dandy. La première loi du siècle était le travail ; y manquer, c'était déserter. Que les femmes fussent condamnées, dans une certaine mesure, à rester oisives, c'était un malheur ; mais un homme ! Que parlait-il d'habitude ? la volonté vient à bout de tout ; l'effort est presque déjà la guérison. N'était-il pas las, à trente ans, d'user ses bottes sur l'asphalte du boulevard et de compter les arbres du bois de Boulogne dans mille courses mille fois renouvelées ? Elle estimait qu'un homme qui pouvait trouver son contentement dans une existence si plate n'était ni digne d'une affection sérieuse, ni capable d'en ressentir aucune.

– Bon ! frappez toujours, mon petit philosophe ! dit Francis.

– Prouvez-moi que j'ai tort, et ma philosophie se taira, répliqua Berthe.

M. d'Auberive changea tout à coup de visage et de ton, – Merci, reprit-il en serrant fortement la main de Berthe ; vous êtes la première personne qui, par sa colère et sa généreuse indignation, m'ait donné la pensée que je valais quelque chose.

Une petite paysanne vint à passer et leur présenta un bouquet de violettes. M. d'Auberive l'offrit à Berthe. – Acceptez-le, dit-il d'une voix grave ; ce sera entre nous le gage de la réconciliation.

– Et de la réforme ? ajouta Berthe.

Francis soupira. – J'essaierai, reprit-il.

Ils firent encore une centaine de pas et aperçurent les toits de la Marelle au détour du sentier. – À demain ! dit Berthe, qui sentait son cœur battre sans savoir pourquoi, et qui aurait été désespérée si quelqu'un l'avait surprise en ce moment. Elle s'éloigna en courant ; mais à l'instant où elle allait disparaître derrière un massif d'arbres : – N'oubliez rien ! cria-t-elle à M. d'Auberive en se retournant.

Vingt pas plus loin, elle porta vivement le bouquet de violettes à ses lèvres, sans penser à ce qu'elle faisait.

Francis resta quelque temps sous l'impression de cette rencontre et de l'entretien qui l'avait suivie. Cette petite fille, qui avait le langage énergique d'un moraliste et toute l'onction d'une femme, lui paraissait la plus étonnante personne qu'il eût encore trouvée sur son chemin ; mais telle qu'elle était avec son audace, la pâleur mate de son teint, la franchise de ses allures, ses lèvres pleines, son accent impétueux et ses sourcils mobiles, il ne lui semblait pas qu'on en pût rencontrer de plus séduisante. M. d'Auberive pensait que s'il avait eu une sœur de cette trempe solide, il aurait pu faire quelque chose comme tant d'autres qui n'étaient pas des aigles. De l'idée d'une sœur à une autre idée plus intime, il n'y a pas grande distance. Le rêveur l'avait déjà franchie lorsqu'il se mit à sourire. – La bonne folie ! dit-il… Mlle Berthe Des Tournels, qui aura peut-être un million, la femme de M. Francis d'Auberive, qui a… parbleu ! qui n'a rien ! – Il soupira et jeta de côté un regard sur la hutte dans laquelle ils avaient passé un quart d'heure l'un près de l'autre. Il se demanda, en ralentissant le pas, si la vie lui paraîtrait bien longue en compagnie d'une personne si originale et si résolue. L'émotion le gagnait malgré lui ; mais il se défendait d'y céder et cherchait à repousser l'image qui le poursuivait. Certains lambeaux de phrases qu'il murmurait à demi-voix répondaient à des séries de pensées qui lui traversaient l'esprit subitement, comme ces demoiselles qui passent en l'air au-dessus d'un lac et y réfléchissent leurs ailes. – Suis-je bête ! reprit-il au bout d'un instant ; pour quelques paroles échappées au caprice d'une conversation, pour un intérêt d'une heure où la curiosité a peut-être autant départ que le cœur ! Allons donc ! – Il haussa les épaules et alluma un cigare.

M. d'Auberive n'était pas de ces hommes que des succès faciles ont rendu fat. Il avait au contraire une si grande dose de modestie, que rien ne pouvait le déterminer à croire qu'il pût prétendre à quelque chose qui ressemblât à de l'amour, à de l'amitié ou à de la sympathie. S'il était bien accueilli, s'il plaisait dans le monde, si même on lui donnait des raisons de penser qu'il était aimé, il ne manquait pas d'attribuer ces résultats à certains hasards auxquels son mérite restait étranger. Ces sophismes à l'aide desquels beaucoup de ses semblables se haussent dévotement au-dessus du commun des mortels, il les employait aussi, mais en sens inverse et de bonne foi. L'examen de conscience achevé, il avait cette conviction, que nul moins que lui n'était fait pour mériter qu'on s'intéressât à son avenir. Si d'aventure une âme charitable lui démontrait victorieusement le contraire, son étonnement avait quelque chose de comique ; il s'ingéniait à trouver des motifs particuliers à cette affection, dont il ne voulait, en aucun cas, faire les honneurs à sa personne, finissait par en découvrir d'invraisemblables qui lui suffisaient, et bientôt après rentrait dans son opinion première avec empressement. L'occasion avait tout fait, et cette occasion ne se présenterait plus. – Quand M. d'Auberive eut bien tourné et retourné dans son esprit le souvenir de cette matinée heureuse qu'il avait passée avec Berthe, le brave garçon ne manqua pas d'arriver aux désastreuses conclusions qui lui étaient familières ; il s'y soumit cette fois avec plus de chagrin encore que de résignation, et se promit en soupirant de ne plus penser à sa compagne d'un jour, pour ne pas laisser à son cœur le temps de s'y habituer. En s'arrêtant à cette résolution héroïque, qui lui coûta plus d'un regret, M. d'Auberive n'en était pas moins fermement décidé à tenir la promesse qu'il avait faite à son mentor de vingt ans.

Le sommeil ne le visita pas beaucoup cette nuit-là ; le lendemain, au petit jour, il partit pour la chasse ; les perdreaux ne l'occupaient guère, mais une inquiétude dont il n'était pas le maître le poussait à marcher. Le grand air, la fraîcheur et le calme d'une belle matinée agirent sur ses nerfs et les détendirent. Il côtoya le ruisseau le long duquel Berthe et lui avaient marché la veille ; de petites violettes se voyaient dans l'herbe ; certaines inflexions de voix, certains regards, certains mots accentués d'une façon particulière lui revinrent à l'esprit, et lui firent trouver un peu brutal l'arrêt par lequel il s'était condamné la veille. On ne pense pas les pieds dans la rosée, les regards noyés dans la clarté limpide du matin, comme on pense dans un cabinet, les yeux arrêtés contre un vilain mur assombri par le soir. – Qui sait ? murmura Francis joyeusement. Un lièvre partit d'un buisson, Francis fit feu et le manqua. – Va ! dit-il en suivant du regard l'animal qui filait dans la plaine, va ! Berthe te sauve la vie !

Comme il rechargeait paresseusement son fusil, le vieux notaire dont Mlle Des Tournels lui avait parlé arriva trottant sur un bidet que l'on connaissait à dix lieues à la ronde. M. d'Auberive mit la main sur la bride de l'animal. – Eh ! eh ! dit-il d'un air de belle humeur, vous voilà donc, monsieur le tabellion qui dites si gaillardement du mal des gens !

Le vieux notaire avait la langue acérée, et il n'était pas homme à reculer. – Eh ! de quoi, bon Dieu, vous plaignez-vous, monsieur le chasseur ? répliqua– t-il ; on ne dit guère que le quart de ce qu'on pense !

M. d'Auberive salua, mais d'un ton plus net : – Vous parlez comme saint Jean bouche d'or, mon bon monsieur Lecerf, reprit-il ; mais peut-être pourrait-on un jour vous prier de garder pour vous cette belle opinion.

– Là ! là ! ne nous fâchons pas ! répondit M. Lecerf, qui lâcha la bride à son bidet pour lui permettre de brouter en paix : on est encore assez vert pour vous prêter le collet, quoique notaire ; mais s'il vous plaît un instant de raisonner, raisonnons, après quoi on verra à s'expliquer.

Il se pencha sur le pommeau de sa selle, et bien commodément assis : – Vous conviendrez facilement, continua-t-il, qu'un serrurier a bien le droit de parler de serrures, et un laboureur de charrues. Permettez donc à un notaire de parler mariages et contrats. Voilà mon royaume, et les plus beaux chasseurs du monde ne m'en feront pas déguerpir. Les partis sont rares dans le canton, où je ne sais pourquoi il y a disette de jeunes gens. Il faut donc, bon gré, mal gré, qu'on s'occupe de vous, et vous rentrez dans mes domaines par droit d'acquêts et de conquêts. Que vous soyez un aimable garçon, facile à vivre, prompt à obliger les gens et tout à fait galant homme, qui en doute ? Je chanterai vos louanges sur le mode majeur, si cela vous plaît ; mais sur le chapitre de l'établissement spécial qui est de mon ressort, halte-là ! De bonne foi tâchez de voir au fond de votre vie, comme vous voyez au fond de ce ruisseau. Nous avons trente ans sonnés, ce me semble ; nous avons mangé notre bien en herbe, croquant le fonds avec le revenu ; nous avons eu force chiens, force chevaux, force compagnons de plaisir qui buvaient sec, force amourettes qui duraient ce que durent les lunes, et nous avons tenu à honneur de ne négliger aucunes des fredaines qui pouvaient augmenter notre réputation de mauvais sujet… Vous paraît-il que ce soit un joli capital à offrir à un père de famille ? Si vous étiez à la tête de deux ou trois beaux brins de filles en âge d'être pourvues et que l'on vînt vous présenter pour gendre un gars bâti sur votre modèle, vous trinqueriez volontiers avec le camarade, et la chose faite vous lui diriez : Mon bel ami, passez votre chemin, et allez vous marier ailleurs. Est-ce vrai ?... Supposons à présent qu'un propriétaire vienne me consulter dans mon cabinet, – un sanctuaire, monsieur le gentilhomme ; – que voulez-vous en conscience que je réponde ? Trouveriez-vous honnête que je misse votre nom en tête d'une liste de jeunes gens propres à signer un bon contrat ? Vous n'oseriez pas me le conseiller. Oh ! s'il s'agissait de vénerie ou de sport, comme vous dites, nul ne serait recommandé avant vous ; mais ces choses-là où vous brillez ne sont pas de mon ressort. Tenez ! je prends au hasard : on penserait à vous donner pour femme Mlle Lecamus, qui a la ferme d'Orgerai, deux cents hectares d'un seul tenant, ou Mlle Dusommier, qui a dix bonnes mille livres de rente du chef de son père en biens-fonds, ou Mlle Espieux, qui a les plus belles vignes de l'arrondissement, ou même encore Mlle Lucile Des Tournels, votre voisine, qui passe à bon droit, j'en sais quelque chose, pour une riche héritière, mon devoir, puisqu'il s'agit de mes ouailles, n'est-il pas de me cabrer ? Et c'est ce que je fais. La langue me part, et je démontre par A plus B que vous seriez un mari détestable. Le passé répond de l'avenir. Manger une dot qui aurait été comptée dans mon étude, oh ! que nenni ! je me tiendrais pour déshonoré. Voilà comment j'entends mon métier, et voilà près de quarante ans que je l'exerce ainsi. Le notariat ! mais c'est ma religion à moi ! Si donc, l'occasion aidant, je vous ai drapé, prenez-vous-en à mon amour du métier. Maintenant vous plaît-il de partager mon menu ? Vous êtes mon homme ; Mme Lecerf tirera la meilleure bouteille du meilleur coin, et je vous tiendrai tête !

Ce petit discours, débité avec verve et tout d'une haleine, produisit une impression singulière sur l'esprit de M. d'Auberive. C'était un homme, on le sait, qui trouvait toujours qu'on était dans le vrai quand on lui donnait tort. – Touchez là, dit-il au notaire ; vous avez fait votre devoir.

M. Lecerf n'était pas méchant au fond, quoique vert comme du vin nouveau ; cet abandon le toucha. – Çà, voyons ! reprit-il en retenant la main que Francis lui avait tendue : on parle de conversions, et ça peut mener au mariage aussi bien qu'en paradis ; tout net, et en quatre mots, que vous reste-t-il ? Nous avons des actions, des valeurs, un peu d'argent mignon ? On peut grouper tout cela. Ne me parlez pas des terres de Grand val, je les connais… De ce côté-là, nous n'aurions pas dix mille écus vaillant ; mais après ?…

Francis sourit. – Il me reste ma tante, dit-il.

Le notaire fit la moue. – Hum ! reprit-il, le bruit court qu'un bon vieux curé la visite souvent ; c'est un héritage sur lequel je ne prêterais rien.

Il ramena la bride de son bidet, qui secoua la tête d'un air chagrin ; puis, le frappant du talon : – Sans rancune au moins, dit-il à M. d'Auberive, mon avis est que vous mourrez garçon. – Il poussa le cheval, qui prit le trot et disparut derrière une haie.

Resté seul, M. Francis d'Auberive siffla son chien, qui dormait dans l'herbe, et rentra en chasse. Il avait le cœur gros, et pourtant il n'avait garde d'en vouloir au notaire. Ce que M. Lecerf lui avait dit lui seuiblait marqué au coin du bon sens. Tous les rêves qu'il avait faits depuis une heure s'en allaient comme la rosée, séchée déjà par un rayon de soleil plus chaud. – Est-on fou quelquefois ! se dit-il… Si je n'avais pas rencontré ce brave notaire, voyez donc où m'auraient conduit toutes ces extravagantes idées !… Il a dit vrai : tel j'ai vécu, tel je mourrai. Il est singulier seulement que je le regrette au moment où il m'est défendu d'espérer mieux… Aussi pourquoi suis-je allé à la Marelle ? – Une compagnie de perdreaux s'éleva d'un champ de trèfles ; il fit feu de ses deux coups, et deux perdreaux tombèrent sous la gueule du chien. – Ah ! murmura-t-il, Mlle Berthe n'est plus là pour vous protéger !

Quand il rentra dans son petit castel de Grandval, il se sentit fort triste et fort désœuvré. Il s'assit à table et mangea peu. Quelques fagots de sarmens flambaient dans la cheminée. Il pensa que la solitude lui semblerait douce, si le coin du feu était égayé par le sourire et la causerie d'une femme qui aurait la physionomie de Berthe. Il regarda les murs, les fusils et les carnassières pendus au râtelier, la pendule dont les aiguilles marchaient si lentement, le chien couché devant l'âtre et qui gémissait en rêvant, sa petite bibliothèque dont il connaissait tous les livres, un certain vieux bureau à pieds tordus dont tous les tiroirs étaient pleins de lettres qui marquaient les étapes de sa jeunesse : rien ne lui parlait plus à l'esprit. Sa longue pipe turque, rapportée d'un voyage qu'il avait fait en Égypte, restait éteinte sous sa main ; il buvait à petits coups le café refroidi dans la tasse ; une impression de malaise toute nouvelle le saisissait, et il ne bougeait pas de son fauteuil. Sa pensée était à la Marelle. – Allons ! se disait-il à toute minute, il n'y faut plus songer. – Et il se coucha en y pensant toujours.

Le lendemain, il n'osa point se présenter chez M. Des Tournels, ni le jour suivant non plus. Il rôda tout autour de la Marelle, poussé vers la maison et retenu par la crainte de rendre plus amer un regret dont il ne pouvait pas se défendre. – Est-ce absurde à trente ans ! se disait-il avec dépit, car il ne s'épargnait guère, et volontiers il se serait battu ; mais les trente ans n'y faisaient rien, et il éprouvait les mêmes agitations qu'un écolier. Quand il avait fait deux ou trois fois le tour du parc, il en sortait. – Ça passera ! ça passera ! répétait-il comme pour se rassurer. Que de choses qui avaient passé déjà, et qu'il voyait défiler au fond de son souvenir comme une procession blanche de fantômes ! Pourquoi donc le souvenir de Mlle Berthe, qui n'était pas jolie, serait-il plus vivace ? Il rentrait dans le salon de Grandval, où il retrouvait à leur même place les fusils, la pendule, le chien, le bureau, la pipe turque. Il s'asseyait au coin du feu, maudissant sa jeunesse et s'efforçant de trouver quelque plaisir à la lecture des lettres apportées chaque matin sur son guéridon ; mais elles lui rappelaient un temps qu'il n'aimait plus. Le troisième jour, il prit son parti résolument et se rendit à la Marelle. Berthe travaillait auprès d'une fenêtre qu'elle ne quittait plus guère depuis quelque temps, et qui était merveilleusement placée pour voir les personnes qui entraient au château. Lucile jouait du piano. Elle se leva vivement et courut au-devant de Francis. – Comme vous vous faites rare ! dit-elle. – Berthe ne remua point : sa tête resta penchée sur la broderie qu'elle avait à la main ; cependant il parut à Francis qu'elle avait pâli, qu'un léger tremblement agitait la mousseline sous l'aiguille. Il en eut un instant de joie, mais presque aussitôt une réflexion vint tout gâter. – C'est un effet de lumière, pensa-t-il ; le jour tombe à faux sur son visage, en outre il éclaire mal sa broderie ; elle vient peut-être de se piquer !... Gêné, il la salua froidement sans lui tendre la main ; elle leva les yeux d'un air étonné et resta contrainte pendant toute cette visite : M. d'Auberive, qui cherchait ses mots, n'osa pas la prolonger. Quand il se leva, elle s'inclina sans le regarder. Lucile raccompagna jusqu'à la grille du parc. Il lui répondait tout de travers. Lorsqu'il fut seul dans la campagne, Francis allongea le pas, comme s'il avait hâte de mettre une grande distance entre Berthe et lui. – Je ne m'étais pas trompé, pensa-t-il. Comme elle m'a reçu ! Quelle froideur ! Un étranger qu'elle eût vu pour la seconde fois eût obtenu un accueil plus cordial. À peine un mot ! un regard tout au plus,... rien qui m'ait prouvé qu'elle se souvient encore de notre entretien... Avais-je raison de penser qu'un concours particulier de circonstances avait tout fait ! Ma foi, tant mieux ! cela m'aidera à me guérir plus vite ! – Tout en disant « tant mieux, » Francis cassait à grands coups de canne les branches des buissons devant lesquels il passait.

Rien ne fait plus de ravages qu'une préoccupation constante et cet acharnement que mettent certains esprits à se bien persuader que les choses qu'ils redoutent le plus sont et seront. M. d'Auberive s'y appliquait avec un soin qui devait à la longue enraciner sa conviction. Quand par hasard il se laissait aller à cette vague espérance que Mlle Des Tournels, si active dans sa bienveillance, si nette, si prompte, si franche et si résolue, pouvait être sa providence, le souvenir de la conversation qu'il avait eue avec M. Lecerf lui revenait à l'esprit, et il n'en fallait pas tant pour le rejeter dans cet amer travail intérieur qui avait été l'œuvre de toute sa vie. Un sentiment de fierté noble qui avait sa source dans les meilleurs instincts venait en aide à ce parti-pris de n'ajouter point de loi aux apparences et de ne pas s'abandonner à la pente vers laquelle il sentait bien que son cœur, un peu battu par cent orages, le poussait. Berthe était une riche héritière, une des plus riches du département ; s'il affichait hautement des prétentions à sa main, lui qui n'était qu'un pauvre hobereau de clocher, vivant à la diable sur les débris de son patrimoine, n'aurait-il pas toutes les allures malsonnantes d'un coureur de dots, et n'était-il pas indubitable que personne ne croirait à la sincérité de son entraînement ? Le succès impossible, c'était tout au moins une honte qu'il fallait éviter à son nom. Il redoubla donc de réserve dans ses rapports avec la Marelle. Berthe était trop jeune, et malgré son éducation, comparativement libre, surtout depuis la mort de sa mère, trop inexpérimentée pour démêler les véritables motifs de cette conduite. Elle en souffrait sans y rien comprendre. Toujours un peu sauvage au fond, elle craignait aussi d'avoir donné par sa franchise une mauvaise opinion d'elle à M. d'Auberive, et cette pensée lui faisait monter le rouge au visage quand elle était seule. On comprend que cette mutuelle raideur cédât parfois sous l'influence de l'occasion. L'intimité qui naît du séjour à la campagne, les promenades qu'on y fait à pied et à cheval, les joyeux dîners qui suivent les retours de chasse, sont autant de pièges où la jeunesse se prend. On oublie le rôle qu'on s'est imposé ; le cœur s'échauffe avec l'esprit, on mesure moins son langage, on badine, et une heure détruit l'œuvre des plus sévères résolutions. Ainsi faisaient Berthe et Francis ; mais la nuit venue, et solitairement cloîtré entre les murs de Grandval, comme il se rudoyait, comme il refoulait par un feu roulant d'invectives et de sarcasmes le mouvement de jeunesse égayé par une lueur d'espoir auquel il s'était abandonné ! Tel un bouvier marche à pas lourds sur les petites fleurs que la rosée a fait épanouir. Le lendemain, M. d'Auberive restait enfermé dans sa maison, et jurait de ne plus s'exposer à des périls qui le trouvaient si lâche. Berthe l'attendait, et, surprise de ne pas le voir, se promenait silencieusement au coucher du soleil dans les parties les plus désertes du parc.

Un soir, M. Des Tournels, qui revenait d'une coupe de bois, l'y surprit assise sur un banc de mousse, un livre fermé sur les genoux. Elle n'avait point entendu le pas de son cheval. Il s'arrêta devant elle, et la touchant du bout de sa cravache : – Eh ! mignonne, dit-il, à quoi rêve l'Eau-qui-dort ?

Berthe leva sur son père ses yeux profonds, et sans manifester aucune surprise : – À M. Francis d'Auberive, répondit-elle.

– Ah ! diable ! fit M. Des Tournels ; puis, sautant à bas de son cheval, qu'il retint par la bride, il prit le bras de sa fille, qui le suivit.

– Çà, continua-t-il en marchant, est-ce par hasard ?

– Non pas… Ce n'est pas un rêve, c'est une idée.

M. Des Tournels fronça le sourcil. – J'ai reçu M. d'Auberive chez moi en ami, dit-il ; aurait-il oublié en te parlant ?…

Berthe l'arrêta d'un geste. – Il n'a rien oublié de ce qu'il vous doit et de ce qu'il me doit, reprit-elle fièrement… Je crois même, autant que j'en puis juger, que la pensée qui m'occupe m'occupe seule.

– Mais à quel propos cette pensée, et pourquoi, et comment ?

– Je ne sais… J'ai vu M. d'Auberive assez souvent. Il a quelque chose de triste dans les yeux… Il est bon comme un enfant, et on ferait couler tout le sang de ses veines avant d'y trouver une goutte de fiel… Je ne peux pas me défendre de m'intéresser à lui… Il est si seul !… On le voit rire, et il rit beaucoup ; mais au fond il n'est point heureux… Un temps j'ai cru qu'il m'aimait sans le savoir… C'était après une conversation que nous avons eue il y a deux mois ; à présent je ne sais plus que penser… Cependant, lorsqu'il s'imagine que je ne l'aperçois pas, il me suit des yeux. Dans ces momens-là, le cœur me bat à m'étouffer. Il me semble que tout ce qui se passe en moi se peint sur mon visage. Quand nous sommes restés l'un près de l'autre tout un soir sans nous parler, j'ai la respiration oppressée… Si, au moment de partir, il arrête les yeux sur moi, j'y lis mille choses qui font que la nuit mes joues se couvrent de larmes… Vous avez voulu savoir mon secret, le voilà.

M. Des Tournels écoutait Berthe attentivement. – Il ne t'a jamais ouvert son cœur, jamais écrit ?

– S'il m'avait écrit, je vous aurais apporté sa lettre.

– Bien vrai ? reprit le maître de forges.

– Ah ! mon père ! regardez-moi, dit Berthe.

M. Des Tournels l'embrassa. – Tu as raison ; mais ne m'en veuille pas : ton bonheur est en jeu, et il me touche plus que le mien. J'ai donc besoin de tout savoir… M. d'Auberive paraît-il se douter de ce trouble que tu ressens ?

– Je ne sais… Depuis quelque temps même, on dirait qu'il évite les occasions de se trouver avec moi.

– Sa manière d'agir est celle d'un galant homme. Je ne te cacherai point cependant que M. d'Auberive n'est pas le mari que j'aurais choisi. J'avais d'autres idées… Mais puisque tu y penses,… on verra.

Berthe jeta ses bras autour du cou de son père, et à plusieurs reprises l'embrassa. – Vous êtes bon ! dit-elle.

– Eh ! eh ! reprit M. Des Tournels, c'est donc sérieux ?

– Sérieux ? fit-elle en le regardant, vous me connaissez, et vous le demandez !

III.

Sa confession faite, Berthe fut soulagée d'un grand poids. Il lui sembla qu'elle pouvait penser à M. d'Auberive en toute liberté et sans remords de conscience. Son père lui avait fait promettre de ne rien changer à leurs relations, surtout de ne point laisser entendre à leur voisin qu'il avait été question de lui entre elle et M. Des Tournels. Il aimait assez sa fille, disait-il, pour ne point faire cas de la fortune, pour renoncer à d'autres projets, si nul obstacle grave ne s'opposait à ce qu'on élevât Francis à la dignité de mari. Il demandait seulement un peu de temps et le droit de réfléchir. Berthe n'en voulait pas davantage. Rassurée par ce langage et persuadée que son père ne découvrirait pas autre chose que ce qu'elle savait, elle se voyait déjà eu esprit châtelaine de Grandval et partagée entre son père et son mari. Elle s'étonnait seulement que Francis ne fût pas plus prompt à deviner que quelque chose d'important se passait ; elle le trouvait même maladroit dans sa tranquillité, et se promettait de l'en faire repentir quand son père aurait dit oui. En attendant que M. d'Auberive ouvrît les yeux, Berthe interrogeait souvent son père sur la nature des renseignemens qu'il avait pris. Le père ne s'expliquait pas nettement ; mais un mouvement de la tête, un mot jeté en passant, faisaient entendre que rien n'était compromis. Il paraissait même s'habituer à cette idée. – Hum ! dit-il un jour en glissant son bras sous celui de sa fille, on a été un peu longtemps jeune, on a croqué le vert et le sec, on a vécu comme la vieille cigale de la fable ; mais au fond on n'a pas l'âme si noire que la réputation… On verra, et si l'on s'amende, un matin nous aurons à causer… Mais ce matin-là n'est pas encore venu.

Pendant ces jours d'espérance, Berthe parlait encore moins à Lucile ; elle se cachait dans des coins sombres et passait de longues heures dans ces muettes contemplations qui ne surprenaient plus personne. Une sorte de langueur s'était répandue sur ses traits et en adoucissait l'expression. M. d'Auberive, retenu à Grandval par une force contre laquelle sa volonté ne pouvait rien, dînait une fois ou deux par semaine à la Marelle et tuait des perdreaux, en prenant chaque jour la résolution de partir pour Paris. À ce moment de sa vie, et secrètement, il cherchait un moyen d'utiliser ce qu'il avait de facultés, et il avait écrit dans ce sens aux directeurs de cette entreprise de charbonnage où était engagé tout ce qu'il avait de fonds liquides. – Elle verra du moins que je tiens parole, se disait-il.

M. Des Tournels, de son côté, n'avait pas reçu les confidences de sa fille sans un grand trouble et un véritable chagrin. Jamais, dans ses projets d'établissement, il n'avait songé à un mari du caractère de Francis ; il voulait au contraire un homme qui eût les habitudes d'une vie laborieuse, une profession, et quelque chose de rassis dans l'existence et les goûts. Ce qu'il savait de sa fille et de ses dispositions d'esprit ne lui permit pas de laisser voir tout entière la contrariété qu'il éprouvait. Il fut de bonne foi quand il lui promit d'étudier M. d'Auberive, et de ne point s'opposer à leur union si rien ne lui en démontrait l'impossibilité ; mais dans son for intérieur le maître de forges espérait bien qu'une découverte imprévue dessillerait les yeux de Berthe, et l'autoriserait à intervenir avec toute l'autorité d'un père. Rompre nettement et brusquement, de prime-saut, était impraticable avec une fille du caractère de l'Eau-qui-dort. M. Des Tournels s'accommoda donc de l'atermoiement que son expérience et sa tendresse pour Berthe lui suggérèrent ; toutefois les premiers renseignemens authentiques qu'il obtint modifièrent son opinion. Bien que son désir ne fût pas de ce côté-là, il se résigna petit à petit à considérer M. d'Auberive comme un gendre qu'il acceptait de la main du hasard.

Un soir, M. Des Tournels toucha du doigt l'épaule de Berthe. – Je verrai bientôt si notre voisin est homme à changer de route, dit-il : j'aurai ce temps-ci l'occasion de lui offrir un emploi… S'il accepte, s'il travaille rudement, comme je faisais quand j'avais son âge, il montrera qu'il est mûr pour les choses sérieuses ; sois tranquille et dors en paix. S'il refuse, c'est que l'habitude est la plus forte… Bonsoir alors !

Berthe eut un instant la pensée d'écrire à M. d'Auberive ; mais un sentiment de fierté la retint : elle avait parlé, elle avait sa promesse. Elle rejeta la plume qu'elle avait déjà prise et se sauva dans le parc. La conviction où elle était que dans peu de jours sa destinée serait fixée lui causait des battemens de cœur qui l'étouffaient. Elle n'avait rien dit à sa sœur, et se sentait résolue à ne lui rien dire, non par méfiance, mais par un besoin de concentration farouche qui la dominait ; toute remplie d'un trouble qu'elle ne pouvait alléger par la confidence, elle tomba au pied d'un arbre où elle resta en prière jusqu'à la nuit.

Sur ces entrefaites, il y eut dans un village voisin une fête où tous les propriétaires du canton avaient coutume de se rendre. La famille Des Tournels y rencontra M. d'Auberive. Un grand nombre de boutiques éphémères s'élevaient sur le champ de foire, au milieu duquel on avait établi des jeux d'adresse et de hasard. Les jeunes filles et les enfans du pays tournaient tout à l'entour. Un orchestre de musiciens ambulans faisait rage dans un coin de la place où l'on dansait. Francis se promenait de boutique en boutique avec Lucile et Berthe ; M. Des Tournels causait à l'écart avec M. Lecerf. Cet entretien que rien n'arrêtait, ni les saltimbanques, ni la foule, donnait fort à penser à M. d'Auberive. – La conversation d'un notaire, pensait-il, est toujours suivie d'un contrat. – Cependant Lucile ayant témoigné le désir de jouer, on mit à la loterie d'un marchand dont la baraque était encombrée d'objets divers, devant lesquels un peuple de villageoises endimanchées se groupait dans l'attitude de l'admiration. On perdait et on gagnait au milieu des éclats de rire. Lucile et Berthe distribuaient autour d'elles les lots qui leur étaient échus après chaque tour de roue. Un des numéros amenés par Francis le rendit maître d'un beau ruban de soie bleue. – M. Des Tournels, cria-t-il tout à coup, me permettez-vous de faire un présent magnifique à Mlle Berthe ?

– Faites, répondit M. Des Tournels, qui causait toujours avec l'implacable M. Lecerf. Berthe accepta le ruban, sur lequel trois grandes Bourguignonnes jetaient des regards de convoitise. La visite du champ de foire achevée, on reprit lentement le chemin de la Marelle, où l'on devait dîner.

Une boîte de pralines que Berthe avait eue en partage au dernier coup vint à s'ouvrir, et deux ou trois bonbons tombèrent sur l'herbe.

– Le couvercle est rompu, il faut l'attacher, dit Francis.

Mlle Des Tournels prit le ruban de soie bleue et le noua autour de la boîte. – Voyez ! c'est un lien, dit-elle à M. d'Auberive en le regardant.

Une expression de joie éclaira la figure de Francis, et Berthe détourna la tête. N'était-ce pas une allusion directe à l'entretien qu'ils avaient eu dans la cabane du garde, sur la lisière du bois ? Ne venait-elle pas par ces quatre mots d'en renouer la chaîne interrompue, et de lui faire comprendre qu'elle n'avait rien oublié ? Ce lien qui lui avait toujours manqué, ne venait-il pas enfin de le trouver ? Cette soirée passée à la Marelle fut pour M. d'Auberive comme un enchantement. Jamais il n'avait senti son cœur si jeune ni si confiant ; un mot avait tout changé. Il se laissait aller à la joie de vivre et d'être heureux. Deux fois il eut envie d'arrêter M. Des Tournels au passage et de lui dire : – J'aime Mlle Berthe, que faut-il faire pour la mériter ? – Par malheur le maître de forges n'était jamais seul, M. Lecerf ne le quittait pas plus que son ombre et lui parlait avec un feu singulier, en le retenant par un bouton de son habit. – Allons, pensa Francis, demain je lui ferai l'aveu de mon amour, et s'il me la refuse, je partirai pour l'Amérique, où je me ferai pionnier. – Berthe ne pouvait s'empêcher de regarder M. d'Auberive à la dérobée ; quelquefois leurs yeux se rencontraient ; un trouble délicieux se répandait alors en elle. On la voyait pâlir, puis rougir presque aussitôt. Elle se taisait ou parlait fort vite, et ne pouvait tenir en place ; elle aurait voulu que cette soirée où elle se sentait aimée n'eût pas de fin, et désirait cependant être seule pour savourer son bonheur. Une grande fenêtre était ouverte. Elle passa sur le balcon, y trouva sa sœur et l'embrassa tout à coup. – Ah ! que la nuit est belle ! dit-elle.

– Tiens ! l'Eau-qui-dort qui s'amuse ! dit Lucile en lui rendant son baiser. M. d'Auberive prit par le plus long pour rentrer chez lui. – Faites donc de beaux projets pour qu'un mot les renverse tous ! se disait-il. – Et il aspirait à pleins poumons l'odeur des bois baignés de rosée, et il se retournait pour regarder au loin les lumières qui lui montraient la place où était le château de la Marelle. – À trente ans, est-ce drôle ! reprenait-il.

Le lendemain, il rencontra M. Lecerf, qui trottait sur sa bête d'un air affairé. – Eh ! monsieur le notaire, on aura à vous consulter ces jours-ci, lui cria-t-il ; fantaisie m'a pris de voir clair dans mes affaires.

– Rude besogne ! répondit M. Lecerf. Ne m'apportez pas vos paperasses avant la fin du mois ; je ne m'appartiens plus, et n'aurais pas le loisir d'y fourrer le nez... Il y a du nouveau.

– Ah bah !

– C'est comme j'ai l'honneur de vous le dire. Tout le monde n'est pas comme vous, mon gentilhomme ; on en sait qui pensent à leur établissement. Je vais en certain lieu prendre certaines notes qui pourraient bien faire accorder les violons du côté de la Marelle, si ces notes répondent à ce que je crois.

– Il s'agit donc de mariage ? demanda Francis d'une voix creuse.

– Me verriez-vous en campagne de si bonne heure, si je n'étais sur la piste d'un bon contrat ?... que dis-je d'un ? de deux contrats, s'il vous plaît ! Nous avons deux partis pour les deux sœurs, et si vous êtes encore au pays à Noël, vous danserez à la noce... Ménagez un beau chevreuil pour ce jour-là.

Là-dessus, M. Lecerf joua de la houssine et partit. M. d'Auberive resta sur place, le regardant s'éloigner. Il avait la gorge serrée. – Ce devait être, murmura-t-il en reprenant d'un pied lourd le chemin de Grandval. Ses timides espérances étaient fauchées d'un coup. Il pensa à l'Amérique et sourit tristement. – Je ne croyais pas hier être si près du voyage ! reprit-il.

Ce que le notaire avait raconté à M. d'Auberive n'était vrai qu'à moitié. Francis ne s'était pas trompé la veille quand il avait supposé que M. Lecerf et M. Des Tournels débattaient entre eux une question de mariage. M. Lecerf avait toujours cinq ou six partis dans sa manche. Les jeunes gens qu'il proposait au maître de forges pour ses filles n'étaient point de ceux qu'on refuse d'emblée ; l'un d'eux même convenait suffisamment à M. Des Tournels pour Lucile. On sait qu'il avait de bonnes raisons pour être plus réservé à l'endroit de Berthe, au sujet de laquelle il refusait de prendre aucun engagement ; mais la fougue du notaire ne lui faisait trouver d'obstacle à rien, et, devinant la moitié de son succès, il ne doutait pas que son argumentation, appuyée par l'éloquence des chiffres, ne vînt à bout du reste.

M. d'Auberive prit son parti dans la nuit. Tous les raisonnemens par lesquels il avait combattu son amour naissant lui revinrent à l'esprit avec une furie nouvelle. En admettant, ce qui n'était pas démontré, qu'il eût inspiré à Mlle Des Tournels un sentiment d'affection inespéré, n'était-ce pas un de ces mouvemens de jeunesse qui trompent les jeunes filles, et que le travail de quelques jours dissipe ?... Un éclair n'est pas un incendie, et devait-il profiter de ce premier éveil d'un cœur inexpérimenté pour violenter moralement la volonté d'un père et le contraindre à donner son consentement ? Les indiscrétions de M. Lecerf n'indiquaient-elles pas clairement que M. Des Tournels avait d'autres visées, au milieu desquelles M. d'Auberive arriverait comme un intrus ? Les vraies lois de l'honneur lui indiquaient son devoir. En s'y soumettant, il évitait l'humiliation d'une démarche qui serait fatalement mal interprétée. Assister à sa défaite ne lui convenait pas non plus ; il n'avait que trop attendu déjà. Il jeta un dernier coup d'œil sur les objets qui l'entouraient, comme peur dire adieu aux confidens muets de ses combats intérieurs. Au petit jour, sa malle était faite ; il adressa un billet à M. Des Tournels, pour lui annoncer qu'une affaire imprévue le rappelait subitement à Paris, monta dans une voiture de ferme, se fit conduire sur la grand'route, et sauta dans la première diligence qui vint à passer. Cette fois le roman de son mariage lui semblait bien fini. – Il n'y a pas de bon dénoûment à mauvaise pièce ! murmurait-il en cherchant le sommeil dans son coin.

Ce départ surprit M. Des Tournels au dernier point. Il consterna Berthe. On ne connaissait pas d'affaires à M. d'Auberive, et son billet laconique ne donnait aucun éclaircissement sur la nature de celle qui lui faisait quitter Grandval si précipitamment. Il fallait cependant qu'elle fût d'une importance extrême pour l'avoir décidé à partir sans faire ses adieux aux hôtes de la Marelle. Berthe n'était pas d'un caractère à chercher des consolations dans les épanchemens ; elle renferma en elle la douleur qu'elle éprouvait, et put tromper tout le monde, son père excepté. Il suffisait à M. Des Tournels de voir un certain pli qu'elle avait à l'angle interne du sourcil, quand une préoccupation la dominait, pour comprendre ce qui se passait en elle.

Un départ l'aurait toujours attristée ; mais, dans les circonstances où il s'était produit, Berthe ne se dissimulait pas qu'il remettait tout en question. L'édifice s'était écroulé avant qu'elle en eût assis les fondemens. L'illusion n'avait point de prise sur cette nature éternellement occupée à se creuser elle-même, à s'assouplir, à se maîtriser, et quelque chose dont elle n'était pas maîtresse lui criait que Francis était perdu pour elle. À cette époque, le sentiment nouveau que la présence de M. d'Auberive avait fait naître dans son cœur avait achevé l'œuvre de résistance et de concentration auquel elle se livrait sur elle-même depuis le jour où Mme Des Tournels lui avait parlé à son lit de mort. Il n'y avait plus ni révolte, ni colère, ni emportement subit suivis de longues prostrations ; elle était unie et paisible, patiente et reposée ; tout mourait en elle, on ne voyait plus d'autres traces des bouillonnemens qui l'agitaient qu'un peu de pâleur sur le front ou le gonflement des narines.

On avait parlé deux ou trois fois du départ de M. d'Auberive dans les réunions du soir ; Berthe, le front penché sur un ouvrage de tapisserie, écoutait de toutes ses oreilles : si dans ces momens-là quelqu'un avait mis la main sur son cœur, on eût été épouvanté des terribles pulsations qui le faisaient battre. Ces courtes conversations, pendant lesquelles des propriétaires voisins ou des compagnons de chasse échangeaient leurs commentaires, ne lui apprenaient rien. En jouant sa partie de whist, le vieux notaire, qu'elle exécrait, mêlait son mot à l'entretien. – M. d'Auberive a la prétention de mettre ordre à ses affaires, disait-il, et c'est à moi qu'il réserve le soin de nettoyer les écuries d'Augias... J'imagine qu'il bat le rappel des notes et des mémoires... On riait autour de M. Lecerf, et vers la fin de la semaine on ne pensa plus à Francis.

Un jour qu'elle se promenait dans le parc avec son père, Berthe lui mit la main sur le bras : – Vous ne savez rien ? dit-elle d'une voix qu'elle s'efforçait de raffermir.

– Rien encore, répondit le père, qui la comprenait à demi-mot ; mais je n'augure rien de bon de ce voyage. J'ai écrit à Paris ; M. d'Auberive se montre au bois de Boulogne ; on l'a vu à l'Opéra. Il ne paraît pas qu'il fasse autre chose que ce qu'il a toujours fait... Si sa fameuse tante était morte, il nous l'aurait écrit.

– C'est ce que je pense, reprit Berthe.

Il y avait dans ces quelques mots, prononcés d'une voix sourde, un tel accent de tristesse, le visage de Berthe était si blanc, le pli de son sourcil si profond, que M. Des Tournels en eut pitié. – Quelques affaires à terminer me retiennent encore ici, dit-il ; mais dans peu de jours nous partirons pour Paris.

Berthe appuya la tête sur l'épaule de son père, et se mit à pleurer silencieusement ; c'étaient les premières larmes qu'elle eût versées depuis la mort de sa mère. Son cœur, trop violemment comprimé, se dégonflait.

Quand l'accès fut calmé, elle prit la main de M. Des Tournels et la porta à ses lèvres sans parler.

– Dès notre arrivée là-bas, reprit M. Des Tournels, j'irai aux informations. S'il ne s'agit que de dettes à régler,… compte sur moi, ton bonheur passera avant ma propre inclination ; mais, si je juge que M. d'Auberive n'est pas l'homme à qui ma conscience me permet de confier sans crainte l'avenir de ma fille, tu ne m'en parleras plus.

– Je vous le promets, dit Berthe.

Elle s'essuya les yeux, et ils rentrèrent à la Marelle sans échanger un autre mot. Sur le seuil, les yeux du père et de la fille se rencontrèrent, et ils s'embrassèrent. – Ah ! pauvre Eau-qui-dort, que de tempêtes dans ton silence ! murmura M. Des Tournels,

Pendant les derniers jours qu'on passa au château, Berthe fut semblable à une statue de marbre. En seul objet occupait sa pensée, et tous ses efforts ne parvenaient pas à lui faire concevoir une espérance. Elle avait causé avec M. Des Tournels une fois, c'était tout ce qu'elle avait pu faire. Maintenant elle était résolue à se taire et à attendre. La fierté de son cœur était offensée de la rapidité de ce départ inexpliqué ; mais combien vite elle aurait pardonné à M. d'Auberive s'il eût reparu devant elle ! Aussitôt qu'elle pouvait s'échapper, elle montait dans sa chambre, ou se cachait au plus épais du parc. L'hiver arrivait à grands pas, les feuilles mortes pleuvaient autour d'elle ; les branches sèches, secouées par le vent, se froissaient avec de longues plaintes ; le brouillard s'élevait des vallées et rampait dans la campagne. Elle restait à la fenêtre, ou assise au pied d'un arbre, insensible au froid, les yeux fixes, occupée à rouler entre ses doigts un ruban de soie bleu. On ne voyait plus une goutte de sang sur ses joues. Lucile allait et venait, riait, chantait, faisait aux visiteurs les honneurs du château, ne voyait rien, taquinait Berthe amicalement, et, lui tapant sur l'épaule en riant, lui criait : – Décidément tu dors trop, l'Eau-qui-dort !

On revint à Paris dans les premiers jours de janvier. Il y avait alors plus d'un mois qu'on n'avait eu de nouvelles de M. d'Auberive. Ce double mariage auquel M. Lecerf avait fait allusion la veille du départ de Francis avait le sort de ces mariages que d'irrésistibles passions ou de grands intérêts ne commandent pas ; il en était toujours vaguement question, mais il n'avançait guère. M. Des Tournels avait dès longtemps conçu le projet de marier ses deux filles le même jour, pour n'avoir pas, disait-il, l'embarras et le chagrin de deux cérémonies et de deux séparations. Or, si le mariage de Lucile, qui avait remis sur cette grave affaire, la plus importante de la vie d'une femme, tous ses pouvoirs à son père, pouvait être conclu dans les vingt-quatre heures, celui de Berthe présentait d'autres difficultés. En traversant Paris, Berthe n'avait pu s'empêcher de jeter mille regards curieux le long des rues ; il lui semblait impossible que M. d'Auberive ne se trouvât point sur son passage. Comment ne devinait-il pas qu'elle arrivait ? De retour dans le vieil hôtel de la rue Miromesnil, elle revit les grandes pièces où autrefois elle avait dansé avec lui. Il la recherchait alors, et mille souvenirs que son retour lui rappelait, comme le pas d'un voyageur réveille un essaim d'oiseaux endormis dans une haie, lui donnaient à penser qu'à cette époque il la préférait à toutes les jeunes filles réunies dans les mêmes salons. Comment se faisait-il qu'elle ne l'eût pas remarqué alors, et qu'il eût fallu les caquets de la province et les méchancetés d'un notaire pour la tirer de sa torpeur ? Une sorte de fièvre s'empara d'elle. Son père ne lui avait jamais manqué de parole, et certainement un temps bien long ne s'écoulerait pas avant qu'on ne vît M. d'Auberive à l'hôtel. Déjà, quand sa sœur demandait si personne n'était venu leur rendre visite, son cœur battait ; elle n'osait pas jeter les yeux sur les cartes qu'on leur remettait au retour d'une promenade.

Une semaine s'écoula : Berthe n'interrogeait pas M. Des Tournels ; elle savait qu'il n'oubliait rien, il suffisait qu'ils se fussent expliqués. Un soir il pria les deux sœurs de s'habiller pour aller aux Italiens. C'était la première fois qu'elles y retournaient depuis que leur mère n'était plus. Berthe sentit ce qui devait se passer dans le cœur de son père. Un de ces élans qui la rendaient irrésistible la jeta dans ses bras. – Si vous voulez, nous n'irons pas, dit-elle ; Lucile et moi, nous n'y tenons plus.

M. Des Tournels la serra sur son cœur. – Il est de mon devoir de ne vous priver en rien des plaisirs de votre âge… Nous parlerons d'elle ensemble, au retour, répondit-il.

M. Des Tournels et ses deux filles occupaient la loge qu'ils avaient toujours eue. On jouait la Gazza ladra. L'influence de la musique, déjà si profonde sur les organisations nerveuses, devient excessive lorsqu'elle agit au milieu de circonstances spéciales. Berthe écoutait sans respirer ; les malheurs de Ninette avaient un écho dans son âme. Elle regardait derrière elle cette quatrième place demeurée vide, et la peuplait en esprit ; mais ce rêve ne desserrait pas son cœur. Il fallait toute la force qu'elle avait acquise sur elle-même pour qu'elle se retînt de pleurer. La représentation terminée, M. Des Tournels descendit, tenant Lucile par le bras ; Berthe marchait près de sa sœur. Comme elles étaient debout sur les dernières marches de l'escalier, attendant qu'on vînt les chercher pour les conduire à leur voiture, Berthe fut saisie d'un frisson qui l'ébranla de la tête aux pieds. M. d'Auberive descendait, donnant le bras à une femme magnifiquement habillée. Francis aperçut Berthe et M. Des Tournels : il rougit, baissa la tête et pressa le pas. Sa compagne étonnée promena autour d'elle ses grands yeux noirs, et les arrêta sur Berthe hardiment. Elle était sur la même marche que Mlle Des Tournels. En se voyant si près de cette inconnue et presque frôlée par les flots de dentelles qui ondulaient sur ses pieds, Berthe, par un mouvement instinctif, ramena autour d'elle, pour n'en être pas effleurée, les pans de sa chaste robe blanche. Ses genoux tremblaient : la pensée qu'un malheur irréparable venait de la frapper traversa son esprit, M. d'Auberive disparut sans oser tourner la tête de son côté. Berthe s'assit dans la voiture plus morte que vive. Elle avait regardé son père à la dérobée ; l'expression de son visage lui avait fait peur. On ne dit rien pendant la route. Seule, Lucile essaya de parler ; on ne lui répondit pas. Elle se tut, et Berthe regarda par la portière la pluie qui tombait à flots.

Elle passa toute la nuit à pleurer. Pourquoi ? Elle ne le savait pas, et cependant rien ne calmait ses longs sanglots. Quelque chose venait de se briser dans sa vie dont elle n'avait pas conscience. Lorsque, lasse de pleurer, elle fermait les yeux, elle voyait le regard superbe de cette inconnue dardé sur elle et pareil à une lame de feu. Qui était-elle, et pourquoi au bras de Francis ? Berthe sentait bien qu'il l'avait vue ; si donc il ne l'avait pas saluée, c'est que tout était fini.

Le matin la surprit dans ces angoisses ; l'épuisement ne l'en pouvait pas distraire. Après le déjeuner, son père l'attira dans son cabinet, ferma la porte et lui prit la main. Un nuage passa devant les yeux de Berthe.

– Mon enfant, lui dit M. Des Tournels, demain je te présenterai M. Félix Claverond. Il a trente ans, et j'ai la ferme conviction qu'il est digne de toi.

Berthe devint livide, et de la main qu'elle avait libre s'appuya contre la cheminée. La poitrine de M. Des Tournels se souleva. – Ne me parle plus de l'autre, reprit-il avec effort ; aussi vrai que je t'aime, rien n'est plus possible à présent.

Sa fille ouvrit ses lèvres blanches pour parler.

– Tu sais ce que tu m'as promis, poursuivit M. Des Tournels en l'interrompant. L'épreuve est faite… Maintenant, si ta parole ne suffit pas, je t'en prie au nom de ta mère.

– C'est bien, dit Berthe.

Elle embrassa son père, monta lentement chez elle la main sur la rampe de l'escalier et tomba comme morte sur son lit. Elle avait les yeux secs et brûlans, la gorge aride, du feu dans la poitrine ; elle aurait voulu crier, et ne pouvait articuler aucun son. Elle resta comme anéantie jusqu'à l'heure du dîner. Alors elle se leva brisée et souffrant jusque dans les os. Qu'avait donc fait M. d'Auberive ? Elle descendit et s'assit à table, où elle s'efforça de manger et de paraître calme. Cette résignation bouleversa M. Des Tournels. À la fin du repas et comme Lucile chantait, il prit Berthe dans ses bras : – C'est ma conscience qui m'a fait parler, dit-il ; me pardonnes-tu ?

– J'ai bien pardonné à M. d'Auberive, dit Berthe.

– Es-tu bien décidée à présent ? reprit son père.

– Après le premier coup, je voulais vous demander de m'accorder deux ou trois jours pour me donner le temps de me remettre… C'est inutile… Je recevrai M. Félix Claverond quand vous voudrez.

– Demain alors ?

– Demain.

Cet homme de fer avait dans ce moment des entrailles de mère : il maudissait Francis pour tout le mal qu'il faisait à sa fille, et aurait de grand cœur versé jusqu'à la dernière goutte de son sang pour rendre à Berthe le sourire et le repos ; mais son inflexible raison et la rigidité de ses principes lui faisaient une loi d'étouffer le cri de sa pitié. Par caractère, il était en outre de ces hommes qui portent le fer rouge dans la plaie et ne lui laissent pas le temps de saigner. Sa résolution prise et la rupture inévitable, il avait cru plus humain d'arracher violemment Berthe à sa douleur par une secousse brutale que de lui permettre de s'y ensevelir pour arriver ensuite, par de lentes transitions, à un dénoùment semblable ; il préférait la hache qui coupe d'un seul coup à la scie qui déchire. M. d'Auberive perdu, il avait fait surgir M. Félix Claverond.

On sait dans quelles circonstances M. d'Auberive avait quitté la Bourgogne. Un grand découragement s'était emparé de lui ; il n'accusait personne, et regrettait seulement d'avoir rencontré une jeune fille qui devait appartenir à un autre, lorsque seule elle lui avait fait comprendre que le mariage pouvait être une chose bonne et désirable. Rentré dans Paris et au milieu de ceux qu'il appelait ses amis, il avait fait comme une pierre ronde posée sur le penchant d'une colline : il avait suivi la pente. Un peu par désœuvrement, un peu par habitude, un peu pour oublier, il était redevenu l'homme des anciens jours. Seulement il ne trouvait plus aucun plaisir aux choses qui lui semblaient le plus délectables autrefois. Au bout de trois ou quatre semaines, le dégoût l'avait pris. Des nausées lui venaient aux lèvres au milieu des soupers insipides où l'on disait les mêmes sottises eu buvant les mêmes vins. Une nuit, en revenant le long du boulevard, après une dernière séance au Café-Anglais, il jura d'en finir avec cette vie ridicule et vide. La soirée fatale qu'il passa aux Italiens était un adieu à sa jeunesse fatiguée, au plaisir qui n'avait plus de sève. La vue de Berthe lui donna une secousse dont sa compagne du dernier jour s'aperçut. Qu'il maudit cette faiblesse qui lui avait fait retarder d'une heure le complet abandon de son passé ! Si le chagrin de Francis ne fut ni si profond ni si douloureux que celui qui déchirait Berthe, il eut du moins pour résultat de le fortifier dans, la résolution qu'il avait prise. Il réunit en toute hâte les paperasses qui pouvaient établir nettement sa situation, et les expédia à M. Lecerf. La lettre qu'il reçut du vieux notaire en réponse à la sienne avait un post-scriptum : « S'il vous souvient de ce que je vous ai dit lors de notre dernière rencontre, vous reconnaîtrez prochainement que je ne m'étais pas trompé dans mes prévisions. D'autres ont été plus avisés qu'un certain chasseur dont je veux taire le nom. Les deux demoiselles Des Tournels vont se marier. »

M. d'Auberive laissa tomber son front dans sa main ; les yeux fixés sur la lettre, il repassa en idée cette pastorale qu'il avait ébauchée à la campagne, et qui n'avait point eu de dénoûment. – C'était écrit ! – murmura-t-il en appelant à son aide cette résignation sardonique, cette philosophie moqueuse à laquelle il demandait ses inspirations.

Cependant M. Félix Claverond avait été présenté à l'hôtel de la rue

Miromesnil. C'était un homme qui avait de l'aisance dans les manières, et dans la parole un mouvement, une facilité qui pouvaient tromper de plus intelligens que lui. Il avait à un haut degré l'art de vulgariser et de présenter par leurs côtés les plus séduisans les idées qu'on lui avait suggérées ; aussitôt qu'il s'en faisait l'apôtre, elles devenaient siennes, et il les défendait avec feu. Cette faculté lui donnait un grand relief dans les salons. Avec les dehors et les formules d'une modestie exagérée, peu d'hommes avaient une plus haute dose de vanité. À première vue, il pouvait éblouir les esprits inattentifs ; au fond d'un cabinet et dans la pratique, il étonnait par sa nullité. Il avait une façon de tenir son chapeau et de porter sa tête dans le monde qui imposait au vulgaire, et sur les lèvres un nombre respectable d'aphorismes tout faits qui, dès les premières hostilités d'une discussion, produisaient une vive impression sur un auditoire mondain. M. Félix Claverond avait eu quelque fortune en naissant ; une association heureuse l'avait enrichi. Le hasard avait voulu qu'il eut pour condisciple et pour camarade en entrant dans la vie, plus tard pour ami, un certain Jules Desprez qui était Franc-Comtois, et qui avait les plus étonnantes qualités d'ordre et d'économie, de persévérance et d'activité. Il était en tout ce que n'était pas Félix ; mais, embarrassé, timide, pesant et maladroit causeur, il était à côté de Félix comme un vil caillou auprès d'un saphir. Par cette loi des contraires qui fait des miracles, Jules aimait Félix ; il était l'âme de leur association, et lui en laissait tous les avantages extérieurs. Jules inventait, Jules dirigeait, Jules travaillait ; Félix triomphait. Le moyen de penser que l'homme qui parlait si bien et en si bons termes n'eût pas l'intelligence ? Félix en était convaincu tout le premier. L'ambition était venue avec le succès. Le théâtre d'une sous-préfecture ne lui paraissait plus suffisant pour ses rares mérites, et déjà il tournait ses visées vers Paris, lorsque ses fiançailles avec Mlle Berthe Des Tournels le déterminèrent à y fonder une maison de banque. Quand Jules Desprez en fut informé, il essaya de détourner son ami d'un projet où il ne voyait que des périls positifs et des avantages incertains. Félix le remercia de ses bons conseils en termes si polis, que Jules Desprez n'insista plus. – Tu as tort ! lui dit-il seulement le jour où ils rompirent leur association.

– Nous verrons bien, répliqua Félix d'un air superbe.

Admis officiellement chez M. Des Tournels, Félix Claverond fit la roue autour de Berthe ; elle ne le regarda seulement pas. Quand son père l'interrogea pour avoir son consentement, elle répondit d'une voix tranquille qu'elle était prête à le suivre à la mairie et à l'église. Cette impassibilité produisit un certain effet sur l'esprit du maître de forges ; il eut comme un remords d'avoir pressé Berthe avec tant d'ardeur. – Remarque bien que tu es libre, dit-il ; si M. Claverond ne te plaît pas, je n'ai pas engagé ma parole.

– Engagez-la, mon père, répondit Berthe ; lui ou un autre, peu importe !

Le jour où la parole de M. Des Tournels fut donnée, Félix baisa la main de Berthe ; elle ferma les yeux à demi, et crut un instant qu'elle allait s'évanouir. Elle voyait devant elle l'image de M. d'Auberive. M. Claverond interpréta cette émotion tout à son avantage, et se redressa d'un air doux et vainqueur. – Croyez, mademoiselle, dit-il, que le lien qui va nous unir sera pour moi une occasion éternelle et désirée de me dévouer tout à vous. – Berthe s'inclina. Un des mots de cet engagement banal avait fait passer des flammes devant ses yeux. « Ah ! pauvre ruban bleu ! pensa-t-elle, toi aussi tu étais un lien ! »

M. Félix Claverond se montra homme de goût et magnifique dans le choix et le nombre des objets dont il remplit la corbeille de mariage. Chaque jour, un bouquet splendide était apporté à Berthe ; chaque matin aussi, elle flairait un petit bouquet de violettes desséchées qu'elle tirait d'une cassette. Son fiancé passait deux ou trois heures avec elle, dînait à l'hôtel, et l'accompagnait ensuite au bois de Boulogne ou au théâtre. Elle lui donnait une poignée de main, se montrait polie, réservée, un peu contenue et froide, mais semblait l'écouter volontiers. M. Claverond pensait qu'il l'éblouissait. M. Des Tournels, qui ne s'y trompait pas, la prit un jour à part : – Ta mère ne m'aimait pas quand je l'ai épousée, lui dit-il ; un jour tu aimeras Félix.

– Je lui serai dévouée tout au moins, répondit-elle.

À cette même époque, le mariage de Lucile était décidé avec un gentilhomme de province qui avait tué une paire de sangliers dans les forêts de M. Des Tournels. M. Gaston de Sauveloche passait chaque année six mois à la campagne et six mois à Paris ; il vivait largement et honnêtement, faisait quelque bien quand l'occasion s'en présentait, et n'avait pas d'autres prétentions que celles de jouer le piquet mieux que personne et de tirer aussi bien que le plus fin braconnier de son département. IL avait une santé indestructible, quarante mille francs de rente en biens-fonds, la tournure d'un capitaine de dragons en disponibilité, le cœur sur la main et l'humeur accommodante en toute saison, par la pluie ou par le vent. À la seule condition qu'on ne le dérangeât pas dans ses habitudes, il était homme à vivre cinquante ans au milieu d'un couvent de nonnes ou d'une réunion d'avocats sans avoir maille à partir avec personne. Si Lucile avait le caractère fait comme une pomme d'api, frais et rond, celui de Gaston était pareil à une balle de caoutchouc, souple et rebondissant.

Les deux mariages se firent le même jour. Une brillante compagnie assistait à la bénédiction nuptiale. Lucile s'y montra heureuse et souriante ; Berthe pria sous son voile avec une ferveur dont son père seul avait le secret. Après un déjeuner qui suivit la cérémonie, M. et Mme de Sauveloche partirent pour le midi ; Berthe, que son mari voulait emmener en Suisse, refusa et préféra passer un mois à la campagne.

Une lettre d'invitation était parvenue à Francis en même temps que la nouvelle de la mort de sa tante. À l'encontre de toutes les prévisions, sa tante lui avait laissé, non pas la totalité, mais une part de sa fortune assez considérable pour qu'il lui fût aisé de rembourser les hypothèques prises sur la terre de Grandval et de nettoyer sa position. M. Lecerf, qu'il avait chargé de ce soin, s'en acquitta promptement, étonné de la probité excessive de Francis, qui tint à payer dans leur intégrité des emprunts notoirement entachés d'usure. – C'est de la probité paradoxale, disait le notaire, qui voulait, à l'aide d'un bon procès, faire réduire de moitié le chiffre de certaines créances. – Sa liquidation achevée, M. d'Auberive restait maître d'une somme ronde. M. Lecerf ne la lui remit pas sans de vives appréhensions, qu'il n'eut garde de lui cacher. – À votre tour, prêtez donc sur premières hypothèques, lui disait-il ; c'est aussi amusant que des sottises, et ça rapporte !

La première pensée de M. d'Auberive avait été de partir pour un long voyage ; mais il se souvint de la promesse qu'il avait faite à Mlle Des Tournels et plaça ses fonds dans une compagnie industrielle qui, en échange, le nomma à un emploi de secrétaire-général. – J'ai perdu la femme, disait-il ; le travail me reste, essayons-en.

IV.

Deux ans après le mariage de Lucile et de Berthe, M. et Mme de Sauveloche habitaient du 1er décembre au 1er juin le rez-de-chaussée d'un bel hôtel situé Grande-Rue-Verte ; M. et Mme Claverond n'avaient pas quitté l'hôtel de la rue Miromesnil et vivaient avec M. Des Tournels. Berthe en avait fait la seule condition de son consentement. Les bureaux de M. Claverond étaient rue Basse-du-Rempart. En été, Lucile partait pour la terre de Sauveloche, où son père et sa sœur passaient six semaines ou deux mois ; à son tour, en automne, elle les rejoignait à la Marelle, où Gaston tirait des chevreuils et des sangliers, après avoir tué des perdreaux et des lièvres aux bords de l'Allier. Pendant l'hiver, les deux sœurs se voyaient tous les jours, chose rare à Paris, et dînaient fréquemment l'une chez l'autre. Berthe avait une fille, et Lucile un fils. Le plus habile observateur n'aurait pas découvert l'ombre d'un nuage dans les deux ménages. Une personne qui n'aurait pas vu Berthe depuis l'âge de seize ans ne l'aurait pas reconnue. Elle était extraordinairement répandue dans le monde, très brillante, très fêtée et l'une des femmes qui semblaient se plaire le plus dans le mouvement et le bruit de Paris. Sa maison était ouverte à la meilleure société, et l'on se serait fatigué à compter le nombre de visites qu'elle recevait dans une semaine. Vers la fin du carnaval et dans le carême surtout, qui est la saison où l'on s'amuse le plus à Paris, elle allait presque chaque soir dans deux ou trois bals où elle ne manquait ni valses ni mazurkas. Seule, sa sœur tenait tête à Mme Claverond ; mais, de ce côté-là, Lucile n'avait point changé. Gaie, heureuse, évaporée, bonne, prête à tout, elle traversait la vie comme un oiseau le feuillage d'un arbre en fleurs. Le théâtre l'amusait comme le bal, le concert comme le théâtre, la campagne comme le concert, le voyage comme la campagne. C'était à croire qu'une bonne fée l'avait touchée de sa baguette au berceau. Étonnée de cette faculté prodigieuse de se plaire également partout, avec les inconnus comme avec les personnes qu'elle aimait, Berthe demandait parfois à Lucile de chercher en esprit un endroit et une situation où elle aurait pu ne pas être heureuse. Lucile cherchait consciencieusement. – Je n'en vois pas, disait-elle. – Dans ces occasions, Lucile prenait le menton de la questionneuse : – Mais toi-même, disait-elle à son tour, il me semble que tu ne t'ennuies pas beaucoup. – Berthe embrassait Lucile et ne répondait pas.

Les deux maris adoraient leurs femmes, non pas qu'ils fussent très prodigues de témoignages extérieurs de tendresse, – la finance, pas plus que la chasse et le piquet, ne comportant de ces étalages de sentimens, – mais Gaston et Félix trouvaient éternellement bon ce que Lucile et Berthe souhaitaient, et ne les chicanaient jamais sur leurs dépenses. Bien plus, on avait vu M. de Sauveloche refuser trois battues aux loups pour rester auprès de Lucile, qui gardait le lit, et M. Félix Claverond manquer une réunion d'actionnaires où il avait un discours à prononcer pour passer la soirée auprès de sa femme, prise tout à coup d'un accès de fièvre. L'influence de Berthe sur son mari était extrême et rappelait celle que sa mère avait eue sur M. Des Tournels, mais elle ne s'en servait pas davantage. C'était l'influence d'un esprit concentré sur une âme vaniteuse qui se livre ; l'un accordait d'autant plus que l'autre rendait moins.

Au bout de la troisième année, M. Des Tournels, qui n'avait surpris ni plaintes, ni soupirs, ni regrets, et qui, vivant entre son gendre et sa fille, les voyait toujours unis et prompts à de mutuelles concessions, respira comme un homme dont la conscience est enfin soulagée d'un grand poids.

– Eh bien ! n'avais-je pas raison ? dit-il un jour à Berthe. Es-tu convaincue qu'on peut ne pas aimer son mari en l'épousant et n'être pas moins heureuse avec lui ?

– Certainement, répondit Berthe, qui achevait de s'habiller pour aller au bal.

Il attira sa fille auprès de lui et l'embrassa sur le front, comme pour la remercier du bonheur qu'elle goûtait. Une femme de chambre entra et remit à Berthe un écrin qu'on venait d'apporter pour elle. M. Claverond, retenu dans un conseil d'affaires, lui envoyait ce souvenir pour se consoler de n'être pas auprès de sa femme. Le père sourit. – Te rappelles-tu cette journée où je te disais que si jamais quelqu'un t'aimait, ce quelqu'un t'aimerait bien ? dit-il. Félix ne fait pas mentir ma prophétie.

– Félix ?... C'est vrai, répondit Berthe avec une expression singulière.

Elle détourna la tête en attachant à ses poignets et à son cou les bijoux qui étaient dans l'écrin. Sa poitrine se gonfla sous le scintillement des pierreries, et une larme parut entre ses cils.

Une nuit, en dansant au ministère des finances, elle apprit le prochain mariage de M. d'Auberive, qu'elle n'avait pas revu depuis la soirée des Italiens. Elle changea de couleur. AU bout d'un quart d'heure, Félix, qui venait de quitter une table de whist, s'approcha d'elle. – Qu'avez-vous ? lui dit-il, étonné de sa pâleur.

– On étouffe ici, répondit-elle.

Il lui prit le bras vivement et l'emmena. En arrivant dans sa chambre, elle tomba évanouie. M. Claverond, qui ne l'avait jamais vue dans un pareil état, fut effrayé ; on réveilla M, Des Tournels en toute hâte, mais déjà Berthe revenait à elle. Elle réprima un tremblement nerveux qui l'avait saisie en ouvrant les yeux. – Ne vous effrayez pas, dit-elle, la chaleur m'a suffoquée.

M. Claverond était fort ému, mais, la crise passée, il éprouva le besoin de faire un peu de morale : – Dieu m'est témoin que je ne voudrais pas vous contrarier, reprit-il en se posant devrait la cheminée ; mais peut-être dansez-vous trop.

– Peut-être, répliqua Berthe.

À quelque temps de là, M. Des Tournels reçut un billet de faire part qui lui annonçait le mariage de M. Francis d'Auberive avec Mlle Julie de Mauplas. Un doute lui traversa l'esprit. Il se souvint du bal et de l'accident qui l'avait suivi. Une heure après, étant seul avec sa fille et la regardant bien en face, il lui demanda si ce jour-là elle avait eu connaissance du mariage de leur ancien ami : – Non, répondit Berthe tranquillement.

M. Des Tournels l'embrassa avec un sentiment de reconnaissance.

M. Des Tournels mourut bientôt après avec la parfaite conviction que Berthe était heureuse, ne regrettait rien et ne souhaitait rien. Il s'endormit en paix, la remerciant de la tendresse et du bonheur dont elle avait entouré ses derniers jours. Berthe se retira à la Marelle pour y passer la plus longue partie de son deuil ; elle devait en revenir au bout de trois mois, elle y était encore à la fin de l'année. Une sorte d'abattement profond s'était emparé d'elle ; elle ne se plaignait pas et ne souffrait pas, disait-elle ; mais elle dépérissait lentement. À la voir silencieuse, pâle, amaigrie, se traînant à petits pas le long des sentiers, on l'aurait prise pour un exilé pleurant sa patrie. La présence de ses enfans, – car alors elle en avait deux, – la faisait sourire, mais ne la ranimait pas ; elle assistait à leurs jeux, les embrassait, les couvrait d'une tendresse vigilante, mais retombait en partie dans cette nostalgie inexplicable devant laquelle la science restait impuissante. Elle avait la langueur d'un jeune arbre à demi déraciné. M. Félix Claverond interrogea Lucile pour savoir si Berthe n'avait pas quelque motif secret de chagrin ; Lucile répondit qu'elle ne lui en connaissait point, et s'établit auprès de sa sœur. – Elle aime les enfans, disait-elle, je lui amènerai les miens ; avec ceux qu'elle a, ça fera quatre ; nous ferons tant de bruit qu'il faudra bien que l'Eau-qui-dort se réveille, fût-ce pour une tempête.

Mais le temps n'était plus où l'Eau-qui-dort avait de ces réveils terribles ; elle était alors comme une eau profonde qui garde tout ce qu'on lui confie, et dont la surface immobile n'est troublée par aucun bruit. Elle accueillit sa sœur avec tous les témoignages d'une amitié que la tristesse n'avait pas attiédie, mais on ne vit pas d'amélioration dans son état général. On aurait dit que le ressort de sa vie était brisé ; on ne douta plus que la mort de son père, avec qui elle avait si étroitement vécu, n'en fût la première cause. Lucile, qui ne se tourmentait guère, fut inquiète cette fois. On consulta les médecins les plus fameux. Berthe, qui se prêtait à tout ce qu'on voulait d'elle, écouta l'un comme elle avait écouté l'autre. Le résultat de ces consultations répétées coup sur coup fut que Mme Claverond était atteinte d'une maladie nerveuse. On recommanda les distractions et les bains de mer. – Eh ! mon Dieu ! s'écria le mari avec un élan qui n'était pas feint, qu'elle achète des chevaux, qu'elle donne des bals, qu'elle dépouille dix magasins d'étoffes et de bijoux,... je lui serai reconnaissant de me ruiner, si elle guérit !

Il fut décidé qu'on partirait pour Dieppe. – Allons à Dieppe, dit Berthe, qui serait partie avec la même indifférence pour l'Australie ou le Kamtchatka.

Il y avait alors plus d'un an que M. Des Tournels était mort. Berthe arriva à Dieppe en compagnie de sa sœur. M. de Sauveloche devait les joindre et passer quinze jours avec elles avant de partir pour l'Écosse, où il comptait chasser les grouses. M. Claverond le remplacerait alors auprès de ces dames. La première personne que Berthe rencontra sur la plage, ce fut M. d'Auberive. Tout son sang ne fit qu'un tour. Sa sœur, qui la sentit trembler à son bras, et qui n'avait rien remarqué, lui demanda ce qu'elle avait. Berthe répondit qu'elle avait vu un enfant renversé par une vague, et que cela l'avait effrayée. – Es-tu nerveuse ! dit Lucile. Mme Claverond ramena son voile sur son visage. Le soir, elle eut un peu de fièvre ; elle avait la peau brûlante. – Ah ! tant mieux ! dit Lucile ; au moins on sait ce que tu as.

À deux jours de là, Mme de Sauveloche parla à Berthe de M. d'Auberive, qu'elle avait aperçu devant le casino. – Sa femme n'est pas jolie, ajouta-t-elle. – Et il a l'air triste, reprit Berthe, – Lucile, étonnée, demanda où elle l'avait rencontré. – Je marchais à quelques pas derrière toi, poursuivit-elle ; il m'a reconnue, et m'a saluée. Cet air de tristesse qu'on voyait chez Francis avait en effet frappé Berthe. Elle en éprouva comme une secousse qui la tira de son engourdissement. – Il n'est pas heureux ! pensa-t-elle. – Il est bien difficile de savoir si le bonheur de Francis l'eût réjouie ; son chagrin lui alla droit au cœur. Elle en fut affligée, mais lui en fut reconnaissante. Alors, avec toute l'habileté d'un profond politique et toute l'ardeur d'un sauvage marchant sur une piste, elle chercha à entrer dans l'intimité de Mme d'Auberive. Elle lui rendit de ces petits services que certaines femmes estiment les plus grands, tels que le prêt d'une coiffure un soir de bal où la faiseuse de modes a manqué de parole, ou l'adresse d'une tailleuse capable de confectionner une toilette en un jour. Elle fut souple, adroite, persévérante, et s'insinua par des efforts soutenus dans sa confiance et une amitié relative qui la rapprochaient de Francis de plus en plus et lui permettaient de voir clair dans l'intérieur de ce ménage. À mesure qu'elle faisait dans cette étude des progrès nouveaux, sa santé se raffermissait, l'abattement s'en allait, la chaleur et là vie reparaissaient dans ses yeux ; c'était une autre personne. L'activité avait succédé à la plus incurable nonchalance, l'animation et la curiosité à la fatigue et au dégoût. Berthe était la première à s'habiller pour le bal et la dernière à s'en retirer. – On ne peut pas dire qu'elle ait pris plus de quatre ou cinq bains de mer, et encore ! racontait Lucile à M. Claverond, et la voilà guérie. Quelle énigm que ma sœur !

Francis n'avait opposé qu'une faible résistance à ces tentatives de rapprochement, bien qu'une certaine réserve, dont Berthe devina la cause bientôt, l'empêchât de s'y livrer tout de suite ; mais on voyait qu'il éprouvait, à la présence et au contact journalier de son amie des anciens jours, la sensation heureuse du voyageur qui se repose sous l'ombre rafraîchissante d'un arbre après une longue marche sur un chemin poudreux. Il n'y eut entre eux ni retour sur le passé ni échange de confidences : ils s'abordèrent comme des gens qui se connaissent et ne veulent pas remuer les cendres de leurs souvenirs ; mais Berthe savait, une semaine ou deux après leur première rencontre, que Mme d'Auberive était une femme vaine, superficielle, adonnée au monde et aux prodigalités les plus coûteuses et les plus inutiles, et toute perdue en mille prétentions que son amour-propre puéril tenait toujours en éveil. M. d'Auberive avait échangé une liberté dont il n'avait jamais su bien user contre une chaîne sous le poids de laquelle il succombait. Soit dignité, soit indifférence, soit peut-être aussi le sentiment d'un découragement invétéré, que l'expérience rendait impérissable, il ne se plaignait jamais et s'écartait avec effroi du terrain des épanchemens. Si l'on pénétrait jusqu'au fond d'une situation à laquelle il ne voyait pas de remède, et dont moralement il était responsable, ce n'était pas son affaire ; mais il ne voulait en rien aider à cette découverte. Le désenchantement de la solitude, la crainte de retomber dans les mêmes égaremens dont un amour silencieux, sincère, inavoué, avait pu seul le tirer, les conseils et les démarches intéressées du directeur de la compagnie dans laquelle il avait jeté sa fortune, et qui avait une pupille à marier, un peu l'ennui, un peu aussi ce besoin qu'éprouvent certaines natures de courir au-devant des inquiétudes, l'avaient déterminé à épouser Mlle Julie de Mauplas, qu'il ne trouvait ni belle ni séduisante, et dont le caractère ne lui était pas sympathique. Elle ne lui plaisait pas : sa conversation l'irritait, l'éducation qu'elle avait reçue l'effrayait, les goûts qu'elle faisait voir choquaient ses habitudes et ses instincts ; mais il la rencontrait tous les jours, et il lui donna son nom, obéissant, à son insu, au despotisme de ces courans malsains qui, à certaines heures, font ployer les plus fermes convictions, et dont la plupart des hommes subissent l'empire illogique et pervers.

Ce roman, Berthe le devina tout entier ; elle en vit les traces dans les yeux et sur le visage de Francis. Il avait abandonné le soin de sa vie au hasard, et las, après deux ans, de lutter contre un caractère dont l'indiscipline était le moindre défaut, il se laissait aller à la dérive, comme le pilote d'un esquif désemparé, qui se croise les bras et calcule combien d'heures, combien de flots le séparent de l'écueil sur lequel il doit périr. Berthe versa des larmes en pensant à la chute vers laquelle il courait : par quels chemins ne passerait-il pas avant de tomber ! Elle avait pris

Julie en horreur, et s'attachait à elle cependant avec l'espoir incertain d'arrêter peut-être l'élan de sa course. À leur retour à Paris, une étroite intimité unissait les deux ménages. – Croyez-vous, disait Lucile à M. d'Auberive, que ma sœur était, il y a trois mois, en danger de mourir ? Elle va à Dieppe, et la voilà sauvée... Embrasse-moi, pauvre Eau-qui-dort ! – Elle était charmée d'ailleurs d'avoir renouvelé connaissance avec leur voisin de la Marelle, elle ne s'était jamais bien expliqué pourquoi on ne l'avait plus aperçu ; mais son bon cœur la poussait à pardonner les caprices, et, ajoutait-elle, parce qu'un vieil ami se marie, ce n'est pas une raison pour cesser de le voir. Elle lui avait donc ouvert à deux battans les portes de son hôtel de la Grande-Rue-Verte.

Cette intimité, qui avait rendu la vie à Berthe, ne devait point être de longue durée ; un retour violent de Julie, que des propos de salon instruisirent des assiduités de son mari chez M. Des Tournels avant qu'il l'eût épousée, et qui déclara un matin, avec un accent âpre dont elle n'était pas économe, qu'elle ne voulait pas plus longtemps se prêter à ce jeu de dupe, puis enfin une catastrophe brisèrent Berthe comme un fil tranché par le couteau.

Un soir M. Claverond entra chez sa femme le visage décomposé ; son aspect avait quelque chose de si effrayant qu'elle se leva. – Je suis ruiné ! dit-il avant qu'elle eût ouvert la bouche pour l'interroger. La première crainte de Berthe avait été pour ses enfans ; rassurée de ce côté, elle insista doucement, mais avec autorité, pour savoir tous les détails de ce malheur dont elle voulait mesurer l'étendue. M. Claverond lui apprit alors qu'un certain vicomte dont il avait fait la connaissance aux courses et qui se mêlait d'affaires lui avait emprunté une forte somme qu'il n'avait pas pu rembourser à l'échéance ; pour sauver cette première somme, Félix en avait prêté d'autres dont le chiffre allait toujours en grossissant. Sous prétexte de chercher des ressources en Angleterre, le vicomte avait disparu, les traites qu'il devait envoyer pour faire face à un paiement considérable n'étaient pas arrivées, et la maison de banque Félix Claverond et Cie n'avait plus qu'à convoquer ses créanciers. Le chiffre du passif était tel qu'en réunissant toutes ses ressources, Félix ne parviendrait pas à le combler. De l'interrogatoire qu'elle lui fit subir, et auquel M. Claverond se prêta avec l'accablement d'un homme vaincu, il résulta pour Berthe la conviction que son mari avait été la dupe d'un fripon qui l'avait adroitement caressé dans sa vanité, et que ses affaires avaient été conduites avec autant de désordre que d'incapacité. Pour la première fois et après un entretien de deux heures, elle vit face à face l'incapacité réelle de l'homme à qui sa vie était liée ; pour la première fois aussi, elle se reprocha amèrement de ne l'avoir pas étudié. Ce travail que la jeune fille, et jusqu'à un certain degré l'épouse, pouvait négliger, n'était-il pas le devoir de la mère ? Qu'elle ne s'en fût pas préoccupée alors qu'il s'agissait d'elle seulement, cela se concevait, elle n'attendait plus rien de la vie ; mais comment ne s'était-elle pas appliquée à se rendre maîtresse de Félix dans la rigoureuse acception du mot, et pour le bonheur de ses enfans ? C'est ce qu'elle se demandait avec douleur. Sa conscience, réveillée en sursaut, lui adressait de vifs reproches. Elle força son mari à se démasquer. Ce vernis brillant qui trompait tant de monde, cette assurance qui se montrait pleine d'audace dans les occasions faciles de la vie, cet air de suffisance tempéré par une politesse si douce et si sûre d'elle-même, ce grand contentement de soi, que justifiaient de longs succès, tout avait disparu. Le magnifique tournesol orgueilleusement épanoui sur sa tige était par terre, souillé de fange et de poussière. Berthe en eut pitié. Elle comprit quel langage il fallait tenir à cette nature vaniteuse et molle pour la relever et lui rendre un peu de confiance. Si elle ne s'intéressait pas extraordinairement à l'homme qu'elle voyait si faible et si dépourvu de toutes qualités viriles, il fallait sauver la famille ; c'était encore une tâche et non pas la moins difficile à remplir. Elle s'y dévoua tout entière et tout de suite. – Pourquoi vous désespérer ? dit-elle. N'avez-vous pas eu la bonne pensée d'exiger, au moment où nous nous sommes mariés, que tout le bien qui me revenait du côté de ma mère fût placé sous le régime dotal ? Cela nous assure de quoi vivre ; nous vendrons cet hôtel, qui occupe des terrains considérables, dont la spéculation vous offrira un bon prix. Vous-même en aviez eu l'idée l'an dernier. Cette vente nous donnera les moyens de satisfaire nos créanciers les plus exigeans. La chose faite, nous nous retirerons à la Marelle, où vous attendrez une bonne occasion de rentrer dans les affaires. N'êtes-vous pas toujours l'homme que j'ai vu plein de ressources et d'idées ? À combien de tempêtes n'avez-vous pas résisté, auprès desquelles celle qui nous frappe aujourd'hui n'est qu'une bourrasque ! Là où l'on n'a point de reproches à s'adresser et où le hasard a tout fait, l'homme doit relever le front bravement et tenir tête à l'orage. En somme, pensez-y ; vous n'avez perdu ni votre nom, ni votre expérience, ni votre entente des affaires : avec un pareil capital, il n'y a pas de naufrage.

À mesure que Berthe parlait, le front de M. Claverond se rassérénait. Quand elle eut fini, il passa la main dans ses cheveux ; puis, renflant sa poitrine : – Vous avez raison, dit-il ;… on verra bien que Félix Claverond est toujours Félix Claverond.

Le pauvre banquier se coucha à demi consolé ; mais l'épreuve était faite. Berthe ne voulut plus demeurer étrangère aux affaires de la maison. Cette influence qu'elle avait acquise, elle l'employa tout entière à sauver quelques parcelles de la fortune engloutie, et surtout à maintenir son mari au niveau de la situation difficile où il allait se trouver. Ce financier, qui ne comptait pas la veille, craignait à présent de manquer de pain. Il y avait des heures où la pensée de l'avenir l'épouvantait ; quand un créancier s'était montré récalcitrant et s'obstinait à ne pas accepter les offres que Félix lui faisait, il prenait le soir ses enfans sur les genoux et les embrassait avec une sorte d'anéantissement. – Ah ! pauvres petits ! pauvres petits ! – murmurait-il. Ce cri faisait mal à Berthe. Point d'énergie, point de volonté, point de ressort, point de spontanéité chez le compagnon de sa vie ! Toutes les cordes de cet instrument sonore et creux étaient brisées. Il n'y avait plus à hésiter. Berthe prit en main la direction des choses importantes ; avec ce sens droit et clair que certaines femmes apportent dans la pratique des affaires, elle dirigea la correspondance et le travail de son mari, lui indiquant les points sur lesquels il devait insister et lui dictant les termes des transactions auxquelles il était de son intérêt de consentir. Elle fut le guide, le conseiller de sa liquidation ; mais, toujours délicate, elle eut cet art profond de sauver l'amour-propre de Félix et de lui laisser croire que tout ce qu'il faisait à l'instigation de sa femme, c'était lui qui l'avait décidé. Quand ils causaient le soir, elle avait, pour lui faire adopter ses idées, une souplesse admirable d'expressions auxquelles il se prenait chaque fois comme un oiseau à de la glu. Tantôt elle émettait une opinion sous forme de problème à résoudre, et lui en indiquait la solution comme une chose qu'il avait résolue d'avance ; d'autres fois elle lui demandait d'un air tranquille s'il ne se souvenait pas d'avoir décidé qu'une démarche au sujet de laquelle ils avaient discuté la veille devait être tentée dans la journée. Il y avait des heures où elle feignait de combattre une idée qu'elle avait d'abord suggérée, pour lui bien donner, en cédant à propos, la conviction que seul il l'avait trouvée. Pour lui ôter cette terreur puérile que leur repos matériel était compromis, elle vendit à son insu tous ses diamans, se confia au joaillier de la famille pour avoir des parures identiques en pierres fausses, et fit voir à Félix un gros paquet de billets de banque. – Ils sont à moi, dit-elle, et voilà notre vie à tous assurée pour deux ans. – Félix ouvrit de grands yeux et lui demanda d'où provenait une si grosse somme. – De votre caisse, répondit-elle en riant ; du temps que vous m'y laissiez puiser, je vous ai un peu volé pour qu'une fantaisie ne me prît jamais au dépourvu.

– Oh ! les femmes ! murmura Félix ; elles oublient tout, si ce n'est les chiffons !

Dès qu'elle eut vent de la catastrophe qui menaçait M. Claverond, Lucile accourut chez sa sœur, pleura beaucoup et lui offrit de bon cœur la moitié de sa fortune. – Ne t'inquiète pas de mon mari, lui dit-elle. Gaston fera tout ce que je voudrai. S'il ne te convient pas que je lui en parle, il ne saura rien. Nous partageons les dépenses de la maison en parties égales, et j'administre ce qui me reste comme il me plaît ;… ne te gêne donc pas. Tout cela fut dit avec une sincère effusion au milieu des larmes les plus abondantes et de mille baisers. Berthe remercia sa sœur, l'embrassa et la rassura de son mieux. Elle n'avait besoin de rien pour le moment ; plus tard elle userait peut-être de sa bonne volonté. La tranquillité de Benhe agit sur Lucile ; elle essuya ses yeux, rit beaucoup, un peu après, de la voir en simple robe de soie noire tout unie, écouta ses projets de se retirer un temps à la campagne, et battit des mains à l'idée de la rejoindre et de vivre avec elle dans un chalet. – Prends garde, reprit Berthe, ce chalet, c'est la Marelle, qui a de grandes murailles et des fossés pleins d'eau tout autour. – Eh bien ! répondit Lucile, nous la déserterons pour habiter une chaumière que je ferai bâtir. Elle rentra chez elle, convaincue que le malheur n'était pas aussi grand qu'on le lui avait dit, et que tout s'arrangerait.

Tout s'arrangeait en effet, Lucile ignorait seulement au prix de quels efforts et de quels miracles de patience, d'énergie, de souplesse et d'entrain. Berthe mettait toute son âme au service de Félix, qui ne s'en doutait pas ; il se parait des qualités de sa femme et s'admirait ensuite dans les résultats. Lorsqu'après une conférence où il avait obtenu, grâce aux argumens inspirés par Berthe, des conditions meilleures que celles qu'il avait espérées : – Je te l'avais bien dit que tout n'était pas perdu ! répétait-il à sa femme, et volontiers il jetait un regard de complaisance sur la glace qui refléchissait son image. Berthe le complimentait ; mais tout doucement elle l'avait habitué à ne rien faire, à ne rien conclure surtout sans la consulter : elle l'écoutait si bien quand il parlait !

Pendant que ces choses se passaient à la rue Miromesnil, la situation de M. d'Auberive, qui ne voyait plus Mme Claverond sans de grands embarras, empirait de jour en jour et courait vers une crise prévue d'avance. Julie, on le sait, n'aimait pas M. d'Auberive passionnément, tant s'en faut ; mais cette jalousie innée, dont les femmes les plus indifférentes trouvent le germe dans le berceau, lui faisait détester Berthe avec une perfidie et une violence d'autant plus excessives qu'elle n'avait rien à lui reprocher. Elle devinait, perpétuellement éveillé dans l'esprit de Francis, un sentiment de comparaison qui ne lui était pas favorable ;

néanmoins, dans son irritation, elle était résolue à ne rien tenter pour faire tourner ce sentiment à son avantage. Peut-être même exagérait-elle ses défauts naturels, poussée qu'elle était par un besoin de luttes et de récriminations qui bouillonnait en elle, et peut-être aussi par cette attraction perverse que certaines âmes éprouvent pour le mal. Souple et caressante avec Berthe, rentrée dans la maison, elle avait pour parler de Mme Claverond un langage et des sourires que l'ennemie la plus implacable aurait enviés. Elle choisissait délicatement ses expressions et les décochait une à une, comme des dards empoisonnés ; elle ne procédait pas dans cette œuvre malfaisante par la calomnie : son arme était l'insinuation. Que de mots habiles semés dans une conversation d'où la haine suintait sans qu'on pût accuser Mme d'Auberive d'avoir rien dit qui fût littéralement répréhensible ! Sous quels éloges emphatiques ne l'accablait-elle pas en présence d'étrangers qui ne connaissaient pas Mme Claverond ; mais comme elle savait prendre des attitudes de victime résignée pour dire aux personnes qui ne s'en informaient pas que Francis avait passé la soirée rue Miromesnil, que Berthe seule avait l'art de le rendre heureux et gai, et qu'elle donnerait son sang pour avoir ce caractère et cet esprit qu'il aimait ! – Si je n'ai pas toutes les qualités qui rendent Berthe si délicieuse, disait-elle, je tâche au moins d'être complaisante. – Que répondre à des paroles si pleines de bonté, répétées en tous lieux, à haute voix et sur tous les tons, accompagnées de regards mouillés et de sourires plaintifs qui leur prêtaient des commentaires éloquens ? Quelque temps M. d'Auberive les avait supportées, soutenu par l'espoir, non que Julie changerait, mais qu'elle se lasserait. Il aurait épuisé toutes les heures d'un siècle et toute la patience d'une génération avant de voir ce phénomène. La catastrophe qui venait d'atteindre Mme Claverond fut un aliment nouveau à cette haine mal déguisée. Mme d'Auberive ne manqua pas de la plaindre bruyamment avec de grands hélas ! et de lui porter tous ses complimens de condoléance ; mais quel venin et quel fiel dans le récit qu'elle faisait à tout venant de ce malheur ! Elle avait prévu la ruine de M. Claverond dès longtemps, elle avait même donné des conseils qui n'avaient pas été écoutés ; une source d'or n'aurait pas suffi à alimenter le luxe dont Berthe s'entourait. Une amie pouvait seule calculer ce que coûtaient une maison où le désordre régnait en maître et une toilette que la fantaisie gouvernait. Certainement elle ne voulait jeter aucune ombre sur les qualités rares de Mme Claverond, mais que de remords cette pauvre femme ne devait-elle pas éprouver quand elle jetait un regard en arrière ! Un jour vint où cette guerre sourde, à laquelle Francis avait d'abord opposé l'indifférence, prit de telles proportions et un caractère de continuité si envenimée, qu'il dut se résoudre au sacrifice de l'amitié qui lui était si secourable par cela seul que Berthe avait deviné les fatigues et les ennuis d'une situation où le bien n'était qu'à la surface. Sa propre dignité, le respect qu'il devait à Mme Claverond le lui commandaient également. Il se rendit chez elle et le lui dit avec une franchise où elle vit la profondeur de l'affection qu'il lui avait vouée. Elle en fut frappé ; comme du coup le plus rude qu'elle eût encore supporté. – Vous avez raison, dit-elle, il n'y a pas à hésiter... Donnez-moi la main, et adieu !

Elle fut la première à prononcer ce mot terrible, où l'on retrouve quelque chose du glas de la mort. Elle était ferme, toute pâle, et debout devant M. d'Auberive. Il retint la main de Berthe quelque temps entre les siennes, et la baisa silencieusement. – Adieu, répéta-t-elle le cœur gros, mais résolu ; vous avez votre femme, j'ai mon mari. – Par cet aveu voilé qu'il comprit, elle voulut à la dernière heure l'associer à sa propre misère et donner à ce sacrifice d'eux-mêmes la douceur d'un lien.

Dès le lendemain de cette séparation, qui pouvait être éternelle, Berthe partit pour la Marelle. Pour elle, dans le monde, il n'y avait plus que son mari, ses enfans et le devoir. Elle s'y dévoua sans réserve. On la vit debout, dès le matin, assurant l'aisance autour d'elle par l'économie et l'activité, et préparant par l'exemple son mari à de nouveaux efforts. De son état de maison à Paris, elle n'avait conservé qu'un pied-à-terre, situé sous les combles de l'hôtel de la rue Miromesnil. M. Claverond s'y rendait quelquefois pour achever l'œuvre laborieuse de sa liquidation et entretenir certaines relations utiles. Berthe l'y accompagnait de temps à autre et y passait trois ou quatre mois pendant la mauvaise saison. Plus de voiture, plus de bals, plus de distractions d'aucune sorte ; mais en hiver des robes de mérinos ou de drap, en été des robes de toile, deux chapeaux pour l'année, et des bottines de peau en tout temps. On la voyait de bonne heure dans les rues, conduisant à pied ses deux enfans, qui suivaient les mêmes cours, et les menant ensuite à la promenade. Elle n'avait plus de cachemires, mais ils avaient de bons professeurs et ne manquaient de rien. Lucile avait voulu prendre ses neveux avec elle ; ils auraient ainsi profité des leçons qu'on donnait à ses propres enfans. Berthe n'avait pas consenti à cet arrangement ; elle craignait pour sa fille et son fils le contact et les habitudes d'une vie où l'on sentait la richesse dans les moindres détails. Ils n'étaient pas appelés aux mêmes avantages que leurs cousins : il fallait donc qu'ils s'habituassent à plus de travail et à moins de luxe. Au-dessus de cette règle, dont ni séductions mondaines, ni perspectives d'amusement ne pouvaient la faire se départir, planait un esprit égal, libre, doux et tout plein d'une joyeuse humeur. Elle s'acquittait de sa lourde tâche quotidienne avec une si parfaite aisance, tant de bonne grâce et de gaieté, qu'elle parvenait à faire croire aux indifférens que rien n'était plus facile, et qu'elle y trouvait son plaisir. Lucile aussi y fut trompée. La surface lui cachait le fond. Elle ne voyait pas la fatigue dont le visage de sa sœur portait quelquefois les marques, la pâleur qui s'étendait sur ses joues après de longues journées, pendant lesquelles Berthe n'avait pas connu le repos.

Il fallut près de deux ans pour amener à son terme la liquidation de Félix. Quand les dernières signatures furent apposées sur le règlement définitif qui désintéressait la totalité des créanciers, Berthe voulut se rendre compte de ce qui leur restait. C'était peu de chose ; la fortune entière de M. Claverond et une bonne partie de la sienne avaient disparu. On n'avait pour vivre que son bien dotal, qui se composait de la Marelle, d'un bois et de deux métairies en Bourgogne ; le tout ensemble représentait un revenu annuel d'à peu près onze ou douze mille francs, tous frais acquittés. C'était, en y apportant un ordre sévère, une vie aisée à la campagne ; mais qu'était-ce pour un banquier dans la maison duquel naguère on dépensait régulièrement chaque année plus de cent cinquante mille francs ? Il fallait renoncer au pied-à-terre à Paris, à tout voyage, à toute communication avec le monde, et se renfermer à la Marelle, où l'on vivrait en modestes propriétaires. Si cette existence presque monacale ne paraissait pas suffisante à un homme qui avait rêvé pour son fils les délassemens politiques de la diplomatie, il fallait aviser aux moyens de rentrer dans la vie active et de relever la ruche gonflée de miel qu'un coup de vent avait jetée par terre. M. Claverond y pensait, mais n'osait rien résoudre, bien que sa jactance accoutumée s'amusât le soir, en tisonnant le feu, à bâtir de magnifiques châteaux en Espagne, dont le moindre inconvénient était de ne pouvoir tenir debout. Berthe l'entretenait dans ces idées de résurrection, sans lesquelles il n'eût pas tardé à tomber dans un chagrin noir ; mais elle reculait sans cesse l'époque où il devait la tenter, non pas qu'elle fût décidée à s'y opposer toujours, mais parce qu'elle voulait savoir si, manié par une main souple et ferme, intelligente et dévouée, cet esprit crédule et superbe à la fois, court et vaniteux, arriverait enfin à la maturité. Elle en avait l'espoir, sinon la certitude. En attendant que l'heure eût sonné où elle pourrait sans danger lâcher la bride à l'impatience de Félix, Berthe étudiait les ressources qui les entouraient, ce chapitre des voies et moyens dont tous les ministres des finances parlent avec tant de complaisance en présentant un budget élastique. Elle achevait ou pour mieux dire elle commençait l'éducation de Félix en l'habituant à réfléchir, à comparer, à chercher l'idée sous le mot, comme on cherche l'amande sous la coquille, à tirer la substance des livres et à se mêler aux bonnes et solides conversations par le silence. On découvrait alors tous les trésors de raison, de sens, de netteté, qu'elle avait amassés pendant ses longues luttes contre elle-même et les efforts patiens auxquels elle s'était soumise pour vaincre sa nature rebelle. Quand elle avait fait accepter le remède présenté d'une main si savante, quand elle croyait avoir bien affermi l'esprit de Félix dans la voie où elle le guidait, elle avait des câlineries charmantes pour le récompenser, des étonnemens naïfs qui le séduisaient, mille complaisances et des flatteries habiles qu'il savourait avec la gourmandise d'un enfant à qui on présente des confitures. Que de fois n'aurait-on pas juré qu'elle était l'élève et qu'il était le professeur !

Pour se délasser, elle avait les promenades dans le parc de la Marelle et la lecture au pied des arbres qu'elle avait le plus aimés. Une seule fois elle avait dirigé sa course du côté de ce ruisseau où, à l'âge de vingt ans, elle avait rencontré M. d'Auberive. Les troncs des jeunes saules avaient grossi, les longs peupliers s'étaient effilés ; la hutte où ils s'étaient reposés une heure pendant la pluie était à la même place, lézardée, fendue, menaçant de crouler au prochain orage sur la pierre plate entourée de mousse. Le frêne courbé contre lequel le berger s'appuyait était mort. Les lèvres pâles, le front labouré par ce pli que M. Des Tournels avait vu si souvent, elle parcourut ces rives désertes et ces bruyères peuplées de tant de souvenirs indomptés. Elle en revint si agitée et si pleine de découragement, qu'elle n'y retourna plus. Au milieu de cette atmosphère si doucement respirée autrefois, elle sentait son âme détrempée et amollie, comme se fond au contact de l'eau une argile durcie au soleil.

Parmi les personnes qu'elle voyait le plus fréquemment à cette époque, il faut mettre au premier rang M. Jules Desprez, qui dirigeait toujours la même manufacture dans la ville voisine. Seulement cette manufacture, au lieu d'occuper trois cents bras, en employait mille. L'ancien associé de Félix avait commencé par éprouver un éloignement qui était presque de l'aversion à l'encontre de Berthe, qu'il accusait mentalement d'avoir entraîné M. Claverond à Paris. Attiré par elle et mis à son aise par la franchise et la simplicité de ses manières, il l'étudia d'abord avec effroi, puis avec intérêt, puis avec admiration. Elle lui apparut enfin telle qu'elle était. Un soir qu'il avait pris une tasse de thé seul avec elle, tandis que Félix achevait des lettres pressées, il lui saisit la main vigoureusement. – Je vous ai mal jugée, dit-il ; pardonnez-moi et comptez sur moi. – De ce jour, il fut tout à elle.

V.

Berthe avait alors trente-deux ans à peu près. Élancée, svelte, les cheveux séparés en deux épais bandeaux, pâle, les mains fluettes et toujours vêtue d'une robe tout unie et de couleur sombre, elle avait dans sa taille souple, dans sa démarche lente et fière, quelque chose de particulier qui faisait penser à ces reines en exil dont les grandes figures traversent l'histoire. Les paysans la saluaient du plus loin qu'ils la voyaient. Les vieilles bonnes femmes du village étaient convaincues que ce n'était pas là l'enfant terrible qu'elles avaient connue errant autrefois dans la campagne, hardie, bruyante et capable de tenir tête, le cas échéant, aux garçons les plus tapageurs de l'endroit. On l'appelait dans le pays la dame de la Marelle. Les jours de fête, quand elle passait sur le mail, suivie de ses enfans et tenant son livre de messe à la main, tous les jeux cessaient ; on aurait entendu tomber une feuille. Bien qu'elle eût été riche et qu'elle le fût encore comparativement, on ne la détestait pas. Le sentiment qu'elle inspirait était un grand respect ; la sympathie ne venait qu'après.

Lucile, toujours brillante, enjouée, heureuse et fêtée, abandonnait souvent Paris pour rejoindre sa sœur. – Bon Dieu ! que tu es heureuse dans ton ermitage ! disait-elle… Là-bas je m'amuse tant que ça m'ennuie. Elle pensait encore à faire construire un chalet où l'on vivrait comme à Trianon. Dans un des voyages qu'elle faisait fréquemment à la Marelle, la conversation tomba sur la saison que les deux sœurs avaient passée à Dieppe. Lucile se frappa le front. – À propos, dit-elle, te souviens-tu d'une petite femme brune qui aurait été jolie si elle n'avait eu les yeux trop petits et la bouche trop grande ?… Sa conversation faisait penser au miel, tant elle était doucereuse ; elle avait la manie des fleurs aquatiques, et en avait toujours quelqu'une dans ses cheveux les soirs de bal… Y es-tu ? – Non, répondit Berthe, qui changea de place et se mit à contre-jour.

– C'est étonnant ! je m'en souviens comme si elle était devant moi… Attends donc que je cherche son nom… Elle était mariée, ce me semble, à un de nos grands amis d'autrefois.

– Serait-ce par hasard Mme d'Auberive ? fit Berthe avec effort.

– Justement. Eh bien ! Mme d'Auberive est morte le mois dernier. Elle a été emportée par une fluxion de poitrine qui l'a saisie un soir à la sortie d'un bal. On ne sait pas comme c'est dangereux le monde ! Quand on va danser, c'est comme si on allait au feu. J'aurai pour cet hiver un grand manteau doublé de chinchilla.

Mme Claverond avait la tête tournée du côté de la fenêtre. – Et M. d'Auberive ? reprit-elle. Sa voix expira après ces trois mots.

– Il paraît que sa femme l'a ruiné ou à peu près. Il n'a jamais été bien ordonné, ce pauvre ami. Madame donnait des bals, elle voyait un monde singulier où l'on rencontrait des artistes. C'était amusant, une fois en passant. Il avait toujours l'air triste et la physionomie de quelqu'un qui n'est pas chez lui. Mme d'Auberive lui laisse un fils.

– Un fils ! répéta Berthe.

– Oui, un petit bonhomme qui s'appelle Francis comme le père ; il doit avoir trois ou quatre ans. Je l'ai vu une fois ;… il est très gentil.

La conversation en resta là. Cinq minutes après, Lucile ne pensait plus à M. d'Auberive et à son enfant. Berthe au contraire ne voyait qu'eux en esprit. Cette mort soudaine était une révolution dans l'existence de Francis. Qu'allait-il faire à présent qu'il était libre ? Pourquoi ne l'avait-il pas informée de cet événement ? Pourquoi n'était-il pas allé à Grandval, si voisin de la Marelle ? Cette amitié à laquelle il semblait attacher un si grand prix n'était-elle plus rien pour lui ? ou bien fallait-il voir dans ce silence la preuve qu'un malheur irréparable, une ruine plus complète l'avait atteint ? Elle avait bien la ressource de prier Lucile d'écrire à Paris pour avoir quelques renseignemens exacts ; mais si sa sœur la questionnait, que répondre ? – Encore une pelletée de terre dans la fosse ! murmura-t-elle en enfonçant cette préoccupation nouvelle au plus profond de son cœur.

Son inquiétude augmenta lorsqu'elle apprit de la bouche même de M. Lecerf, qui continuait de plus fort à marier et à enterrer tout le canton, que le domaine de Grandval venait d'être vendu à un capitaliste de Paris qu'il avait rencontré la veille parcourant les plaines et les bois. – Si notre gentilhomme m'avait chargé de la vente, j'en aurais tiré meilleur parti, dit-il, bien que la terre fût pour la seconde fois grevée de lourdes hypothèques ; mais notre ex-voisin était sans doute pressé d'argent, et il a cédé l'immeuble à quelque brasseur d'affaires pourvu d'espèces sonnantes. Tout a été bâclé en une couple d'heures. À présent que M. d'Auberive n'a plus de racine au sol, c'est un homme à la mer. Un pareil fou ne méritait pas d'hériter.

Berthe ne vécut pas durant la semaine qui suivit cette révélation. Cet oubli que M. d'Auberive faisait d'elle dans une pareille détresse était voisin de l'ingratitude. N'avait-elle donc pas quelque droit à sa tristesse, à son isolement ? La croyait-il si faible qu'elle ne pût supporter le poids d'un malheur dont elle voulait sa part ? Se pouvait-il qu'il l'eût si mal comprise ?

Sur ces entrefaites, un matin, et tandis que Lucile était encore à la Marelle, une espèce de valet parut au château, tenant par la main un petit garçon vêtu de deuil. Il avait, disait-il, une lettre urgente à remettre à Mme Félix Claverond. On l'introduisit. À la vue de l'enfant, Berthe trembla de tous ses membres. – Vous venez de la part de M. d'Auberive ? dit-elle au valet.

– Oui, madame, répondit cet homme tout étonné.

– Et voilà son fils ? reprit-elle.

Le valet fit de la tête un signe affirmatif. Berthe prit la lettre qu'il tenait ta la main et le pria de s'éloigner. Restée seule avec sa sœur, qui la regardait sans parler, tout étourdie, Berthe assit l'enfant sur ses genoux et fit sauter le cachet de la lettre. – Ah ! mon Dieu ! il va partir ! s'écria-t-elle.

– Mais qu'as-tu donc ? demanda Lucile.

– Tu le demandes ? dit Berthe.

L'enveloppe que Berthe venait de déchirer renfermait deux lettres, l'une fort courte, destinée à être lue à M. Claverond, l'autre fort longue, dans laquelle, pour la première fois, le cœur timide de Francis s'épanchait. Berthe alla jusqu'au bout tout d'un trait. Après avoir raconté la mort de sa femme en quelques mots convenables, mais dépouillés de toute hypocrisie, M. d'Auberive continuait ainsi :

« Voilà comment j'ai perdu celle qui portait mon nom et qui m'a donné un fils.

« Maintenant laissez-moi vous expliquer pourquoi je vous confie cet enfant, pourquoi je vous demande de le protéger, de l'aimer, d'être tout à fait, et dans la plus large acception du mot, sa vraie mère.

« Du jour où je vous ai rencontrée au bord de ce cher ruisseau où vous m'avez parlé un langage si ferme et si bon, je vous ai aimée d'un amour qui n'était ni romanesque, ni passionné peut-être, mais qui a été inaltérable et qui est devenu le fond même de ma vie. Il a pu, cet amour, subir des transformations sous l'influence d'événemens et de circonstances que je ne pouvais pas toujours empêcher, mais rien n'a pu le faire disparaître d'un cœur qui a été à vous jusque dans ses égaremens.

« Ce n'est pas tout, et cette confession que je vous fais pour la première fois ira plus loin. Vous souvient-il d'une fête de village pendant laquelle je vous donnai un petit ruban bleu qu'il me semble voir encore ? Une heure après, vous le rouliez autour d'une boîte qui s'ouvrait, et en me regardant vous me disiez : « C'est un lien ! » C'était peu de chose, n'est-ce pas ? et cependant il me sembla que dans ces trois mots il y avait une allusion, et cette allusion, à laquelle peut-être vous n'avez jamais pensé, m'amena à croire que vous me rendiez un peu de cet amour que je vous avais voué. Ne riez pas ; ça été la seule heure de bonheur pur que j'aie jamais goûtée !

« Peut-être me demanderez-vous comment il se fait que, vous aimant et ayant eu cette illusion que vous ne me détestiez pas, je n'aie rien tenté pour me rapprocher de vous ? Hélas ! c'est l'histoire de toute ma vie intérieure qu'il faut que je vous fasse, si je veux être compris. Une méfiance extraordinaire de moi-même est en moi que rien ne peut combattre, qui m'opprime et qui rend vaines toutes les heureuses influences du hasard. On vous a parlé de ce prince fameux que mille bonnes fées semblaient avoir doué des meilleures et des plus désirables qualités ; une seule qu'on avait oubliée vint, et d'un coup de baguette rendit ces mille dons inutiles en condamnant celui qui les possédait à ne jamais s'en servir. Je suis ce prince, moins les brillantes qualités dont je n'aurais eu que faire. À présent que la mer va nous séparer, je puis bien parler de moi comme d'un homme qui n'est plus. On m'a dit, et diverses circonstances ont pu me faire supposer un temps qu'on avait eu presque raison, que j'avais une nature sympathique à beaucoup de gens, que, l'occasion aidant, je ne manquais pas tout à fait d'un certain mérite qui m'aurait rendu apte, comme une foule d'autres, à jouer mon petit rôle dans un petit coin du monde : c'est possible ; mais le malheur a voulu qu'un je ne sais quoi d'inexplicable, dont le nom m'échappe comme la raison, m'ait toujours empêché de rien faire pour obtenir ce que je désirais le plus… Est-ce timidité, crainte de ne pas répondre à ce qu'on aurait attendu de moi, indolence, paresse d'esprit, ou sensibilité excessive et cachée ? Il y a un peu de tout cela, et ce n'est pas cela. Aussitôt que je veux profiter des biens qui me sont offerts, un effroi dont je ne puis pas comprendre les assauts s'empare de tout mon être, et ma première pensée est de fuir. Je résiste autant que faire se peut, mais je cède, et l'occasion perdue, je la regrette. Combien de fois ne me suis-je pas obstiné à écarter de moi par mille imprudences la chose que je convoitais le plus ! Elle était sous ma main, on me la présentait, je n'avais qu'à vouloir, et je ne voulais pas. Ainsi ai-je fait plus tard ; mais par contre que de choses que je ne voulais pas faire et que j'ai faites ! C'est dans ces circonstances fatales que mon esprit déploie une puissance de sophismes et une ardeur de discussions qui m'épouvante lorsque je suis à distance des événemens. Rien ne lui échappe de ce qui peut m'égarer et me perdre : il a des argumens sans nombre pour ébranler mes résolutions les meilleures ; il m'exhorte, il me presse, il ne me laisse ni repos ni trêve, il est d'autant plus souple, plus abondant en démonstrations spécieuses, plus vif, plus paradoxal dans ses conclusions, qu'il a une plus mauvaise cause à défendre ! Ma raison s'indigne, mon cœur se révolte, et je suis vaincu.

« Pendant cette saison que j'ai passée auprès de vous, et qui est le seul bon souvenir de ma vie, quelque chose me poussait à m'adresser à M. Des Tournels, à lui ouvrir mon cœur, à lui demander votre main ; je sentais que là était le salut, que là étaient le repos, le bonheur, tous les biens les plus doux ; une voix me le criait, j'en avais la certitude, et chaque jour je remettais au lendemain cette démarche à laquelle je comprenais que mon avenir était attaché. Un soir, – vous me sembliez si bonne, et vos yeux étaient si pleins d'une expression si douce ! – j'ai failli la faire. Un notaire vint à passer et prit le bras de M. Des Tournels à l'instant où j'allais l'aborder. Votre père s'éloigna ; quand il revint à moi, une heure après, le courage me manqua. Le lendemain, je rencontrai M. Lecerf, il me parla de votre prochain mariage, et tout fut fini.

« À partir de ce moment, je n'ai plus été qu'une épave ballottée par tous les flots. Je n'avais de cœur à rien, et la vie a fait de moi tout ce que le hasard a voulu. Je n'ai plus lutté. Mon mariage l'a bien prouvé ! J'en ai vu les conséquences comme je vois la lumière du soleil, et je les ai subies l'une après l'autre sans rien faire pour en atténuer l'inévitable dénoument.

J'avais cette détestable conviction que, si un malheur ne m'atteignait pas aujourd'hui, une catastrophe me frapperait demain. La catastrophe est venue, et je pars pour l'Amérique…

« Il peut se faire que nous ne nous revoyions plus : je ne sais pas ce que le sort me réserve là-bas ; mais c'est bien loin, et ma chance est mauvaise. Avant de m'éloigner, j'ai fait deux parts de ce qui me reste, la plus importante vous sera remise et servira à l'éducation de mon fils. Vous l'auriez accepté sans rien, je le sais, mais vous n'êtes pas seule. Cette part est ce qui m'a été remis par le notaire sur le prix de la vente de Grandval. Je m'y suis décidé à la dernière heure. Grandval est si près de la Marelle ! Que de fois, en automne, les pieds sur les chenets, il m'est arrivé d'en peupler la solitude de votre image ! À présent je n'ai plus même un brin d'herbe dans ces campagnes que nous avons parcourues ensemble !… J'ai gardé pour moi le peu qui suffit à payer le voyage et à m'assurer quelques mois de vie dans ce pays où je vais tenter fortune. Si plus tard vous ne recevez pas de mes nouvelles après un long temps, c'est que le petit Francis n'aura plus que vous au monde.

« J'ai songé un moment à partir pour la Bourgogne et à vous le présenter moi-même ; mais j'ai craint, si je vous revoyais, de n'avoir plus le courage d'accepter ce long exil. Et puis jamais, sous vos yeux, je n'aurais pu vous dire ce que je viens de confier au papier. Ma gorge encore une fois eût été serrée, et j'ai voulu que mon secret n'en fût plus un pour vous.

« Ai-je eu tort en ayant cette pensée que vous étiez et que vous resterez ma meilleure amie ? C'est la seule chose que rien n'a pu m'empêcher de croire… Je m'en vais avec une foi absolue en vous… Prenez donc mon enfant et donnez-lui le baiser d'adoption… Quelque chose en reviendra jusqu'à moi. »

La lecture de cette lettre achevée, Berthe prit l'enfant entre ses bras et le serra sur son cœur. – Ah ! pauvre Francis ! mon cher Francis bien-aimé !

dit-elle en le couvrant de baisers.

La vivacité de ce mouvement, l'exaltation qui parut dans le visage de Berthe, l'ardeur de ses caresses, tout frappa Lucile. – Mais tu l'aimais donc ? s'écria-t-elle.

– Tu ne le savais pas ! dit Berthe.

– Ah ! bonté du ciel, que tu as dû souffrir ! reprit Lucile, dont les yeux se remplirent de larmes.

Peu d'heures après, Berthe présentait le fils de M. d'Auberive à son mari avec la courte lettre qui leur était commune. M. Claverond n'avait jamais eu de relations intimes avec Francis ; mais le désir d'adoption exprimé par sa femme ne rencontra de sa part aucune résistance. Le petit Francis eut sa place le soir même dans la chambre des enfans et son couvert à table. – Habituez-vous à le regarder comme votre frère, dit Berthe à son fils et à sa fille en groupant ces trois petits êtres sous sa main.

Dès le lendemain, Berthe, animée d'une vie plus active et puisant de nouvelles forces dans la tâche nouvelle qui lui était imposée, entra chez sa sœur, qui lui sauta au cou. – Ah ! pauvre chère mignonne, quelle nuit as-tu passée ? dit Lucile… Ai-je pleuré en pensant à toi !

– J'ai réfléchi, dit Berthe ; si tu es toujours dans les mêmes dispositions, comme je n'en doute pas, tu vas me prêter deux cent mille francs.

– Volontiers, reprit Lucile, mais pourquoi faire ?

– Les petits grandissent ; il faudra pousser l'un dans la diplomatie, l'autre à l'École polytechnique, en faire des hommes enfin ; de plus, il faut gagner une dot pour la fille. Or tout cela n'est point aisé à la Marelle. Nous repartirons pour Paris, et Félix rentrera dans les affaires. Il a été probe, son honneur est intact, il trouvera des appuis parmi ses créanciers d'autrefois.

– Mais on ne fait pas une maison de banque avec deux cent mille francs !

– Bon ! n'ai-je pas les cinquante mille francs du petit Francis ?... oh ! je prétends leur faire faire la boule de neige,... et de plus les sommes que je trouverai un peu partout, et notamment dans la bourse de M. Jules Desprez ? Attends, et tu verras...

La maison de banque qu'il s'agissait de fonder préoccupait moins Lucile que la tranquillité de sa sœur ; c'était si loin de ce qu'elle prévoyait après l'orage de la veille ! Elle la regarda plusieurs fois en silence, puis se décidant : – Tu es bien sûre que M. d'Auberive est parti ? reprit-elle.

Berthe fit un signe de tête affirmatif. – Et qu'il ne reviendra plus ? ajouta Lucile.

– Je ne sais, dit Berthe.

– Et tu n'es pas dans les larmes, toi qui l'aimes depuis si longtemps ! Voilà ce qui me passe ! poursuivit Lucile... Ah ! Dieu ! si pareille chose me fût arrivée, mes yeux n'y verraient plus à force de pleurer.

Berthe prit la main de sa sœur. – Et mon nom d'autrefois, l'as-tu donc oublié ? dit-elle.

– Ah ! pauvre Eau-qui-dort, tu me fais peur ! s'écria Lucile, qui l'embrassa.

Dès le même jour, M. Claverond était convaincu que l'idée de s'établir à Paris et de recommencer les affaires lui était venue après de mûres et longues réflexions approuvées par Berthe, à qui il les avait communiquées. Il avait déjà, disait-il, trouvé chez sa belle-sœur une partie des fonds nécessaires au succès de son entreprise. Le reste n'était pas impossible à réunir.

– Je sais que vous avez pensé à notre ami Jules Desprez, dit Berthe, et par un sentiment de délicatesse qui ne m'étonne pas, vous avez même eu l'idée de me charger des premières ouvertures. Je ne crois pas à un refus ; mais quand on a été dans les relations où l'on vous a vu avec notre voisin, on n'en court pas la chance en personne. Je ne suis pas apte, comme vous, à traiter ces questions ; cependant, si votre intention est toujours la même, je vais écrire à M. Jules Desprez de passer ici.

– Écrivez, dit Félix gravement.

M. Jules Desprez répondit avec empressement à l'appel de Berthe. Il écouta attentivement tout ce qu'elle lui raconta de leurs projets, et n'en parut pas très édifié. Félix avait subi un premier et terrible naufrage ; la paix et le repos, il les avait trouvés à la Marelle ; pour être heureux, les enfans, devenus hommes, n'avaient pas besoin d'être ministres ou régens de la Banque de France. Paris lui semblait le pays des tribulations et des hasards. On savait bien comment on y allait, on ne savait jamais comment on y restait. À toutes ces objections, Berthe trouvait des réponses. – Quel est le général d'armée qui n'a pas essuyé de défaite, le navigateur qui n'a pas été vaincu par une tempête ? C'est par les échecs qu'on arrive à l'expérience. On avait le repos certainement à la Marelle ; mais le repos ne suffit pas à l'homme, qui n'est pas plus fait pour s'endormir éternellement dans l'oisiveté que l'oiseau pour fermer ses ailes. Les meilleures facultés s'y atrophient et s'y dessèchent. Sans nourrir des ambitions folles pour ses enfans, on n'avait pas le droit de leur fermer, par une éducation incomplète, le chemin des grandes carrières et des nobles professions. Si Paris présentait des périls dont il ne fallait diminuer ni le nombre ni la séduction, c'était aussi le pays des ressources et des hauts enseignemens. – M. Desprez hochait la tête. On devinait à certains mouvemens de ses lèvres qu'il y avait une dernière objection, une difficulté souveraine dont il n'osait se faire l'interprète. – Écoutez, dit-il enfin en posant le doigt sur la main de Berthe, vous pouvez avoir raison, et il ne m'est pas bien aisé de lutter contre vous ; mais, pensez-y bien, pour remettre à flot une barque qui a sombré, il faut un homme, et je suis assez l'ami de Félix pour vous dire que je le connais.

– C'est mon mari, répondit Berthe, qui redressa la tête.

– C'est juste, et c'est pour cela que je ne parlais pas, reprit M. Desprez, qui s'inclina. Maintenant que j'ai tout dit, je suis à votre disposition. Que vous faut-il ?

Cette grande loyauté et cette amitié généreuse embarrassaient Berthe. Devait-elle en accepter les témoignages sans les reconnaître par une confiance que leur voisin méritait à tant de titres ? Elle se sentait portée à lui parler avec une entière franchise ; mais comment le faire sans effleurer certaines particularités de sa vie qui répugnaient à sa vive délicatesse ? Elle sourit, et lui tendant la main : – Vous allez voir si j'ai pour vous le cœur d'une amie, dit-elle ; mais, quand vous m'aurez bien comprise, nous n'aborderons plus le même sujet d'entretien. Croyez-vous qu'une mère, sous l'empire de certaines circonstances impérieuses qui l'ont forcée à porter son activité et sa réflexion sur des choses qui ne sont pas de notre royaume, à nous femmes, ne puisse pas avoir l'intelligence et la volonté du père de famille, et se trouver tout à coup au niveau d'une tâche pour laquelle notre éducation ne nous a pas préparées ? Et dans un autre ordre d'idées ne vous a-t-on pas parlé de ces rois magnifiques qui se parent du manteau d'hermine, commandent des armées, signent des traités de paix, rendent des décrets et trônent fastueusement sous les regards émerveillés d'un peuple ébloui ? Mais derrière eux quelqu'un que la foule ne voit pas, ministre ou conseiller, un homme enfin presque inconnu, sans titres, sans éclat, sans naissance, tient les rênes du gouvernement, décide et fait tout, et s'efface dans la gloire du maître. Si donc le chef de la famille et le roi agissent, laissez-les faire : la mère et le conseiller ne les abandonneront pas.

M. Desprez ne répondit rien ; mais, prenant une plume et une feuille de papier sur une table voisine, il mit son nom au bas de la page. – Vous remplirez les blancs, dit-il ensuite en lui remettant la feuille de papier.

À son tour, Berthe écrivit au-dessus de la signature un chiffre représentant la somme qu'elle avait demandée à sa sœur. – Est-ce trop ? dit-elle en étalant la feuille sous les yeux de M. Desprez. Je vous ai traité comme Lucile.

M. Desprez plia le papier en quatre sans le regarder. – Félix aura son argent quand il lui plaira, ajouta-t-il. Si maintenant il vous plaît que j'agisse pour lui auprès de mes amis, parlez,… j'en ai beaucoup.

– J'allais vous en prier.

– Eh bien ! partez pour Paris ; avant la fin du mois, la nouvelle maison Félix Claverond et Cie aura un million.

VI.

Berthe rentra dans l'hôtel de la rue Miromesnil, où elle loua un appartement au rez-de-chaussée. Il lui semblait qu'entre ces murailles où elle avait passé tant d'années, elle trouverait des forces et des inspirations pour accomplir jusqu'au bout l'œuvre qu'elle s'était imposée. Sa vie désormais y fut consacrée tout entière ; son mari et ses enfans se la partageaient. Félix, à son insu, ne parlait et ne respirait que par elle : il en était arrivé à être inquiet et mal à l'aise quand il passait plusieurs heures sans la voir. Sa première pensée, lorsqu'il rentrait après une course d'affaires, était de chercher sa femme pour lui en raconter le résultat ; si elle n'était point là, il recommandait qu'on vînt le prévenir aussitôt qu'elle serait de retour. Cette domination absolue, on ne la devinait pas, à moins de pénétrer au plus profond de leur intérieur, et c'était presque impossible : Berthe dissimulait l'extrême étendue de son influence avec un soin minutieux. Bien que dispensée alors de compter, elle ne changea dans sa vie que ce que sa nouvelle situation lui commandait d'en élaguer. Le matin appartenait exclusivement à son ménage et à ses enfans. Sa sollicitude s'exerçait jusque dans les moindres détails. À trois heures, elle commençait à voir le monde. Bien qu'elle reçût un grand nombre de personnes, elle n'avait de relations étroites avec aucune. Lucile était la seule femme qui entrât librement chez elle à toute heure, la seule à laquelle elle permît de voir clair dans sa pensée. Cette sœur toujours bonne, et qui savait être dévouée en restant heureuse, s'était efforcée de lui faire reprendre du premier bond ses habitudes d'autrefois. Elle aurait voulu que Berthe eût sa loge à l'Opéra et une voiture dans son écurie, qu'elle donnât deux ou trois bals dans la saison. La dépense n'était pas une question : Mme de Sauveloche y pourvoirait au besoin. Berthe s'y refusa. Elle restait chez elle tous les soirs, et on s'accoutumait à y aller. pour jouir entre gens bien élevés d'un accueil simple et d'une conversation aimable. Le cercle de ses relations s'élargit graduellement, sans efforts apparens, s'étendit, s'éleva, et il vint un jour où Berthe aurait pu dire « mon salon, » si elle n'avait érigé la retenue en devoir et la modestie en principe. Elle n'avait au coin de son feu de préférence pour personne ; mais chacun était sûr d'y trouver de bonnes paroles et une bonne grâce empressée. Sans parler beaucoup, elle avait l'art de pousser la conversation sur le terrain qui tour à tour pouvait mettre en saillie le mérite des gens du monde qui prenaient le thé chez elle. Elle s'effaçait pour que les autres fussent en relief, et, pliée au silence autant par goût que par calcul, elle acquit la réputation d'une femme d'infiniment d'esprit ; on lui prêtait d'un commun accord tout celui qu'elle faisait valoir chez autrui. Cette conduite, c'était en vue de ses enfans qu'elle en faisait la loi de sa vie. Ils grandissaient près d'elle, et ce grand nombre d'amis qu'elle n'attirait pas, mais qu'elle retenait, devaient un jour les appuyer, les servir, les aider.

Lorsque le temps du deuil fut passé pour le petit Francis, Berthe lui fit prendre des vêtemens tout à fait semblables, pour l'étoffe, la façon et la couleur, à ceux que portait son fils. Il eut les mêmes professeurs, les mêmes divertissemens, fut entouré des mêmes soins et vécut entièrement de la même vie. Toute personne qui n'était pas au fait de cette adoption pouvait croire que Mme Claverond avait trois enfans, une fille et deux garçons. On ne voyait point de nuance dans sa tendresse, aussi vive, aussi abondante, aussi prompte à s'alarmer pour l'une que pour les autres. Lucile même s'y trompait. Berthe avait cependant une manière particulière d'embrasser Francis : ce n'était pas le même baiser plein, à toutes lèvres, retentissant, où l'on sent toute l'effusion d'un cœur qui n'a point d'arrière-pensée ; dans celui qu'elle donnait chaque matin et chaque soir à son protégé, on sentait le regret ; un soupir insensible l'accompagnait, qui ne s'adressait pas à l'enfant, et qui allait au-delà. Par une supercherie du cœur dont Mme de Sauveloche seule ne fut pas la dupe, Berthe, sous prétexte de ne point établir de différence dans sa couvée, voulut que Francis lui donnât le nom de mère. L'enfant s'y habitua. Quelquefois les yeux de Berthe devenaient tout humides quand il l'appelait ainsi. Dans les premiers temps, Lucile avait insisté pour que les dépenses nécessitées par l'entretien du petit Francis et l'éducation coûteuse qu'il recevait fussent partagées entre elles deux, le capital laissé par son père ne pouvant point y suffire. Berthe s'y refusa obstinément. Bien que déjà éclairée par la lettre de M. d'Auberive, la bonne Lucile revint à la charge plusieurs fois, craignant que sa sœur ne fût guidée dans sa résistance par un motif de délicatesse ; mais un jour qu'elle la surprit taillant elle-même une blouse à ce petit homme dont elle avait fait son Éliacin : – Ah ! je comprends ! dit-elle ; si nous partagions, tu aurais peur qu'il ne fût pas tout à toi.

Le regard de Berthe lui fit bien voir qu'elle ne s'était pas trompée.

Un laps de temps assez long se passa. Les premiers symptômes d'un lent épuisement se faisaient remarquer chez Berthe. Elle prenait de si minutieuses précautions pour en dissimuler les atteintes, que Lucile elle-même ne s'en apercevait que par intervalles. Quand elle lui en parlait et la priait de consulter un médecin, Berthe souriait et badinait. Elle ne souffrait pas, disait-elle, c'était peut-être un peu de fatigue momentanée ; si elle avait l'imprudence de se mettre entre les mains de la faculté, la maladie trouverait l'occasion trop bonne pour ne pas en profiter, et s'installerait chez elle définitivement. Lucile finissait par rire et n'insistait pas ; mais les personnes qui voyaient Mme Claverond après une absence de quatre ou cinq mois étaient frappées des changemens qui se faisaient en elle. La pâleur du front était plus mate et plus constante, les joues se plombaient, un cercle bleuâtre s'étendait sous les yeux, les mains devenaient plus fluettes, le regard avait une expression plus profonde, le sourire une douceur plus triste. Autour d'elle, la prospérité était maintenue d'une main ferme ; on la sentait partout. Les enfans arrivaient à cet âge où leur intelligence, déjà mise à l'épreuve, indique clairement ce qu'on peut espérer de leurs efforts. L'un se préparait pour l'École de droit et avait sa place marquée au ministère des affaires étrangères ; Francis poussait ses études du côté de l'École polytechnique ; tous deux récompensaient Berthe magnifiquement de sa persévérance et de son intelligente bonté. Son salon était le centre d'une réunion d'hommes distingués parmi lesquels toutes les branches du travail et de l'activité sociale étaient représentées ; chacun l'estimait et l'aimait. M. Claverond profitait de cette bienveillance générale, et sa maison, protégée et mise en lumière par des personnes qui appartenaient à l'administration, avait sa part dans les grandes affaires publiques ; le chef en était considéré ; Félix passait alors pour un bon financier. Ses qualités naturelles, bien dirigées et patiemment façonnées par une femme qui en connaissait la nature, étaient mieux équilibrées dans ce milieu plus sage. Un seul côté de cette vie savamment arrangée restait dans l'ombre, et la pensée de Berthe ne s'en pouvait distraire.

Elle avait reçu à des intervalles inégaux des nouvelles de M. d'Auberive. Ces nouvelles n'étaient pas telles qu'elle pût être rassurée sur les résultats de l'entreprise désespérée qu'il avait tentée. Il avait été tour à tour aux Antilles, à New-York, à la Nouvelle-Orléans, au Mexique, et partout cette chance mauvaise à laquelle il croyait l'avait poursuivi. Il laissait voir la détermination de continuer sans relâche ; mais dans cette correspondance, souvent interrompue, on ne sentait jamais la confiance ni l'espoir. Lucile, à laquelle Berthe communiquait quelquefois ces lettres marquées de timbres si divers, devinait que sa sœur en avait reçu quelqu'une aux caresses plus longues et plus attendries qu'elle prodiguait au jeune Francis. Un jour vint où M. d'Auberive apprit à Mme Claverond qu'il partait pour la Californie. C'était comme une tentative suprême. Berthe eut froid dans les os en lisant cette lettre qui contenait en quelque sorte le testament de sa triste vie sans que le mot adieu fût écrit nulle part. Le pressentiment qu'il ne reviendrait jamais la saisit ; elle en parla à Lucile, qui s'efforça de la tranquilliser sans y réussir. Cette crainte fit de tels progrès que Berthe, combattue jusqu'alors par le scrupule de rapprocher d'elle un homme que la mort de Julie avait rendu libre et qu'elle aimait, ne résista plus au désir de le rappeler. Elle en fit la demande à Félix, qui se montra disposé à donner une position convenable au père de Francis. Berthe écrivit dans ce sens à M. d'Auberive, mais ne se sentit pas soulagée du poids qui l'oppressait :
– Tu verras qu'il ne recevra pas ma lettre, disait-elle à Lucile, qui haussait les épaules et se moquait de ses terreurs superstitieuses. – La Californie n'est pas un pays d'anthropophages, disait-elle… ce sera bientôt la mode d'y passer une saison !

Six ou huit mois après, un acte de décès envoyé par le consul de France à San-Francisco arriva, constatant la mort de M. d'Auberive, enlevé en peu de jours par la fièvre au fond d'un placer. D'une main défaillante, il avait écrit au crayon, sur un lambeau de papier, le nom de son fils et celui de Mme Félix Claverond. Ces seuls indices avaient guidé le consul.

Lorsque Lucile, prévenue par un mot, accourut à l'hôtel de la rue Miromesnil, épouvantée déjà de l'état où elle allait voir sa sœur, elle la trouva occupée à vêtir de noir le jeune Francis, qui pleurait. Berthe était de la couleur d'un cierge, mais ne versait point de larmes. – Que t'avais-je annoncé ? dit-elle en tendant la main à Lucile.

– Dieu ! mais ta main est comme du feu ! s'écria Mme de Sauveloche.

– Tu crois ?... un petit accès de fièvre causé par l'émotion peut-être ; mais je m'attendais à cette mort, et la fièvre passera.

Dès le lendemain, Berthe se fit rendre compte par M. Claverond de l'état exact des sommes auxquelles Francis avait droit comme héritier de son père et commanditaire de la maison. Le petit capital qu'elle y avait versé avait plus que triplé. À sa majorité, et en supposant que ce capital suivît la même progression, Francis aurait près de cinq cent mille francs. De ce côté-là, l'avenir était assuré ; mais ce n'était pas tout que d'en avoir préparé les élémens, il fallait encore le consolider. Berthe écrivit à M. Jules Desprez un mot rapide pour le prier de venir à Paris. Le lendemain, en attendant son arrivée, elle interrogea les professeurs de Francis, et voulut connaître à fond leur opinion sur les dispositions et les aptitudes de son Benjamin. Elle le prit lui-même à part et lui tint le langage le plus doux, le plus ferme, le plus propre à le fortifier. Il était seul à présent responsable de son nom ; à l'honneur de ce nom, au sentiment du devoir, il devait tout sacrifier.

M. Jules Desprez, avec qui Berthe n'avait jamais cessé d'entretenir une correspondance suivie, et qu'elle voyait fréquemment, soit à Paris, soit à la Marelle, arriva à l'hôtel de la rue Miromesnil. Il fut frappé de l'altération des traits de Mme Claverond, et sur l'observation qu'il lui en fit : – Ne parlons pas encore de moi, dit-elle ; c'est de vous d'abord qu'il s'agit. Elle l'entraîna dans un petit cabinet où elle se retirait assez souvent, et où son mari, ses enfans, Lucile et M. Desprez avaient seuls le droit de pénétrer. – Me suis-je trompée, reprit-elle, en pensant que vous m'étiez tout acquis, et que je pouvais demander à votre amitié les témoignages les plus forts sans craindre d'en être refusée ?

– Non, répondit M. Desprez.

– Prenez garde ; vous aimez votre vie tranquille en Bourgogne, cette famille d'ouvriers que vous avez rassemblée autour de vous, les vieux amis parmi lesquels vous avez grandi, cette usine que vous avez créée, les occupations qu'elle vous donne, toutes ces choses enfin par lesquelles et pour lesquelles vous avez vécu depuis tant d'années, et qu'il vous faudra quitter pour vous enfermer à Paris, auprès de M. Claverond !

– À quoi bon ?... n'y êtes-vous pas vous-même ?

– C'est que je n'y serai peut-être plus bientôt.

– Que voulez-vous dire ? s'écria M. Desprez.

– Tout à l'heure vous me parliez de moi, poursuivit Berthe ; il faut bien, puisque je vous demande un tel sacrifice, que je vous en dise la raison et que je vous fasse un aveu bien bas. Je me sens fatiguée, et fatiguée n'est même pas le mot vrai,... c'est peut-être épuisée qu'il faudrait dire. J'ai lutté tant que j'ai pu... J'ai caché à tout le monde ce délabrement progressif de ma santé... La nature est à bout de ressources, et le mal est le plus fort... Je ne voudrais cependant pas m'en aller sans laisser quelqu'un auprès de Félix et de mes enfans... Voilà pourquoi je vous ai écrit.

Le saisissement avait rendu M. Desprez muet. – Mais c'est impossible ! s'écria-t-il tout à coup, vous me dites là des choses qui font frémir,… et vous le faites avec une tranquillité !… Que vous soyez souffrante, je ne le vois que trop ; mais en danger,… allons donc !

Le vieil ami de Félix était dans un état d'agitation extraordinaire. Il s'était levé et marchait par la chambre à grands pas.

– Mon pauvre monsieur Desprez, je suis désolée de vous faire ce chagrin, reprit Berthe ; mais à qui parlerais-je de tout cela si ce n'est à vous ? Je ne suis pas nerveuse, et je n'aime pas plus les phrases inutiles que les grandes démonstrations de sentiment… Croyez donc bien que je vous dis la vérité.

M. Desprez retomba sur son fauteuil. – Ah ! mon Dieu ! dit-il, vous malade à ce point !… Mais que va-t-on devenir ici ?

– C'est bien pour cela que je vous ai appelé. Vous allez me donner votre parole que vous n'abandonnerez plus cette maison… Je vous remets toute la famille, le père comme les enfans,… les trois enfans, entendez-vous ?

– Oui, oui ! répondit M. Desprez, qui passa un mouchoir sur ses yeux. Il regarda Berthe longtemps : – Mais comment cela se fait-il ? vous qui étiez l'activité même !…

– Eh ! songez que voilà bien des années que je combats ! Si bon que soit un outil, quand on s'en est servi longtemps, il vient un jour où il casse d'un coup… J'ai voulu vous avertir de cette situation pour que vous m'aidiez à prendre les précautions utiles et à mettre tout en ordre. Ne dit-on pas que lorsqu'une sentinelle quitte son poste, une autre doit la remplacer ?

M. Desprez sortit navré du cabinet de Berthe. Trois jours après, une circulaire annonçait que la maison de banque de M. Félix Claverond aurait désormais pour raison sociale : Félix Claverond, Desprez et Cie. Félix embrassait Jules et le remerciait d'avoir cédé à ses instances.

À quelque temps de là, et comme M. Desprez, qui avait son appartement dans l'hôtel de la rue Miromesnil, commençait à penser que Mme Claverond avait eu sur son état des préoccupations exagérées, Berthe se mit au lit. Le médecin fut étonné des ravages produits par une fièvre sourde que sa cliente avait négligée. Le mal fit des progrès rapides ; un voyage qui eût été nécessaire devint impossible. Berthe dut rester couchée ; elle s'affaiblissait d'heure en heure ; les médecins réunis en consultation déclarèrent que les remèdes n'agissaient plus sur des organes lentement usés ; elle périssait d'épuisement. Un repos absolu était la seule chose qui pût la remettre, peut-être la sauver. La consternation régnait dans tout l'hôtel. M. Desprez, à qui Berthe avait demandé le secret, faisait pillé à voir. C'était pour lui comme une sœur longtemps méconnue, et qu'il perdait à présent qu'il l'adorait. M. Félix Claverond n'était pas moins dans la désolation ; mais il croyait que c'était une crise, et l'espoir le soutenait. Lucile se faisait aussi des illusions auxquelles elle s'attachait avec l'heureux aveuglement de son caractère. Devant tous, Berthe se montrait tranquille et rassurée.

Un matin, après avoir embrassé les trois enfans avec une effusion plus longue, elle pria Lucile de lui remettre une boîte qu'elle n'avait pas ouverte depuis bien des années. Une petite clé qu'elle portait sur elle joua dans la serrure, et elle tira de la boîte un bouquet de violettes tout à fait desséché et un ruban de soie bleu. Elle flaira le bouquet comme elle avait fait si souvent à une autre époque, et roula le ruban autour de ses doigts. Un peu de sang avait reflué sur ses joues. – Ah ! qu'il y a loin ! – dit-elle. Sa sœur, qui l'observait, lui demanda l'histoire de ces deux objets. – C'est ma jeunesse,... courte jeunesse ! reprit-elle. Puis elle lui raconta longuement tous les incidens qui se rattachaient à ce bouquet de violettes qui n'avait presque plus d'odeur, et à ce ruban fané. Avec quelle douceur triste ne revenait-elle pas sur ces souvenirs si longtemps ensevelis dans le silence ! Elle les évoquait tous, n'omettant rien et découvrant une à une les blessures qui saignaient au plus profond de son âme.

Lucile pleurait. – Et tu ne parlais pas ! dit-elle.

– À quoi bon ? reprit Berthe.

Au bout d'une heure, elle se sentit fatiguée. Elle pria Lucile de poser le bouquet et le ruban sur le drap, croisa les mains et ferma les yeux. Elle resta ainsi quelque temps, gardée par sa sœur, qui ne remuait pas. Vers midi, elle leva tout à coup les bras vers le ciel ; son visage s'illumina, ses yeux s'éclairèrent d'une expression de joie radieuse, et avec l'accent d'une grande lassitude : – Enfin ! dit-elle.

Lucile jeta ses deux mains sur le lit. – Qu'as-tu donc ? s'écria-t-elle effrayée.

– Rien,… répondit Berthe d'une voix faible, j'ai un peu sommeil… Embrasse-moi…

Un souffle léger passa sur le visage de Lucile ; Berthe chercha des doigts le bouquet, s'en saisit, et pencha la tête de côté.

L'Eau-qui-dort venait de s'endormir pour ne plus se réveiller.